94歳、自撮りおばあちゃん

やりたい放題のひとり暮らし

西本喜美子

宝島社

JN010388

はじめに

私が初めてカメラを持ったのは、72歳のときのことです。

それまでの私は、ごくごく普通の専業主婦。主人はカメラが趣味でしたから、ときどきいっしょに出かけるときに、主人が風景写真を撮っているところを目にしてはいました。でも、風景写真のどこが面白いのか、さっぱりわからんかったのです。

ところが、息子が熊本で写真塾「遊《ゆう》美《び》塾《じゅく》」を始めたら、講座に通う生徒さんたちが家によく遊びに来るようになりました。そのうち、「おかあさんもいっしょにやりましょうよ」と誘われて、わけのわからんうちに、私も遊美塾に通うようになったのです。

そして、74歳にしてパソコンを購入し、「フォトショップ（画像加工ソフト）」を使うようになりました。最初のうちは難しかったけれど、写真の加工は面白いものですね。

私は、決して写真がうまいとはいえません。また、腰が痛い

ゴミ袋の写真は、代表作となりました

当初は「老人虐待」といわれた自撮り写真

ため、長く歩けません。そのため、自宅の庭や室内での作品が多くなります。

そこで、なんとか遊美塾のみんなを驚かせようとして考えたのが、ゴミ袋にくるまった写真や物干し竿《ざお》にぶら下がった写真です。遊美塾の仲間はみんな、大いに笑ってくれました。私の顔の表情もいいねとほめてくれました。

こうして、遊美塾では、若い生徒さんたちから「喜美子さん」「喜美ちゃん」といわれ、年齢に関係なく、写真の仲間として接しても

「写真の日美術展」の受賞作品「ラブラブ」

らえるようになりました。

熊本の美術館で開催した初の個展（２０１１年・82歳のとき）では、「年寄りを虐待している」というクレームが入ったようで、翌日からは、「この写真は、本人による自撮りです」という注意書きが、写真の横に張り出されるようになりました。

それが、写真展を見に来ていた人の目にとまりました。「面白い写真を撮るおばあちゃんがいる」と、Ｔｗｉｔｔｅｒに上げたことがきっかけで、それからたくさんの取材を受けるようになりました。
「自撮り写真ならぬ〝自虐写真〟を撮るおばあちゃん」といわれ、地元・熊本のテレビや新聞に取材され、全国に知られるようになりました。通販雑誌の表紙を飾ったこともあります。作品をアップしているインスタグラムには、日本中どころか、世界中からコメントが来ています。

カメラをきっかけに、私の人生は一変しました。写真もパソコンも、何かを始めるのに年齢は関係ありません。やりたいと思ったらやってみる。続けてみる。すると、仲間がどんどん増えていく。そのことを実感しています。

２０２３年３月　西本喜美子

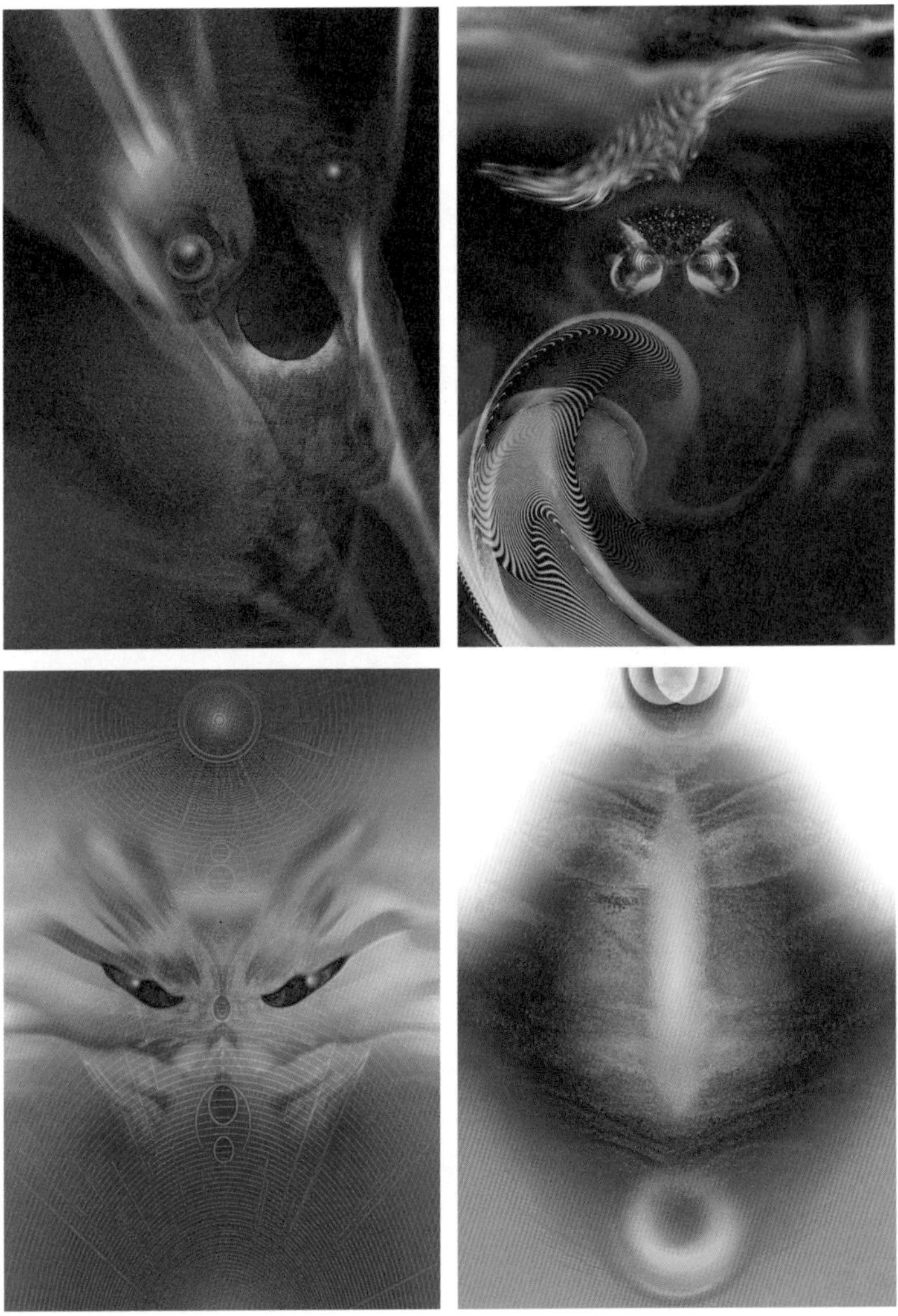

熊本県勤労者美術展で4年連続入賞したデジタルアート作品

西本喜美子・自撮り作品集

「天使」(Adobeの年賀状キャンペーンに使用された作品)

空飛ぶ
キミちゃん

空を飛ぶシリーズには、いろいろなバリエーションがあります。P.174～181で、この作品ができるまでの手順をご紹介しています

飛ぶのがだんだんうまくなってきました

アイドルグループ・私立恵比寿中学「FAMIEN e.p.」
配信ジャケットを撮影。みんなで飛んでみました

目指せ！ オリンピック

男子体操の競技だけど
吊《つ》り輪《わ》に挑戦してみました

羽生結弦選手に続け！
クワッドアクセル（４回転半）ジャンプに挑戦

カーリングなら「もぐもぐタイム」がいちばん得意かな。
雑誌『通販生活』の表紙になった作品

目指せ！　金メダル
ありがとう平昌《ピョンチャン》

時事ネタも取り入れて

「平成」は小渕恵三、「令和」は菅義偉という当時の官房長官が発表しました。面白い時事ネタがあれば、なんでもトライします

令和

「91連勝まであと4ヵ月！　楽しんで長生きしま〜す」
将棋の藤井聡太さんが話題になったので……

昔の泥棒。今はオレオレ詐欺に注意してね

ヒッチコックの「鳥」ふうに……ということではなく
「酉年《とりどし》」なので鳥をテーマにしました
(Adobeの年賀状キャンペーンに使用された作品)

右の写真のバリエーション。
着ぐるみ、仮装は大好物です

大好きな着ぐるみシリーズ

ワンコになったり、カエルになったり
いろんな生き物になっています

おなかすいた〜

代表作・車にひかれる

転倒シリーズ「車にひかれる」も代表作のひとつ。これを見て、いろんな有名人の方が車にひかれに来ました。ひかれながらお弁当を食べたり、新聞を読んだり（P.67参照）、いろんなバリエーションがあるよ

画像を加工してスピード感を出すだけで、面白い写真になるんです。P.182〜185で「スピード写真」ができるまでの手順をご紹介しています

お盆なので……

寒い日が続くから、レンジの中で温まろうかな

楽しい写真を撮るヒントは
日常のあらゆるところに
隠れていますよ

パンにはさまれてみました

目次

第1章

キミちゃんの人生

興味を持ったらなんでもやってみる

女学校時代は戦争で
ろくに勉強できなかった

私は、現在94歳。２０２３年の５月で95歳になります。

父親が農業指導のために渡ったブラジルで、１９２８年、７人兄弟の次女として生まれました。ブラジルのことは、ほとんど覚えていません。

１９３７年、小学校２年（８歳）のときに、家族で日本に帰国して、熊本に住むようになりました。

小学校６年生のときに太平洋戦争が始まりました。戦争は４年間ありましたが、そのうち３年間がちょうど女学生時代。穴を掘って防《ぼう》空《くう》壕《ごう》を作って、毎日、防空壕に逃げ込む練習をしていました。まともに勉強ができなかったんです。

〈喜美子ライフの豆知識〉

ブラジル移民の始まりは１９０８年、笠《かさ》戸《と》丸《まる》で７８１人の日

ブラジルでの家族写真。両親はとても苦労したと思います

本人が海を渡りました。現地では、原始林を開拓し、農業を振興。その暮らしはけっして楽ではなかったといわれています。

喜美子さんが生まれた１９２０年代は、米騒動、関東大震災、金融大恐慌という世界的な経済危機が起こり、日本の農村部に大打撃を与えました。そこで、日本は大規模な移民を奨励。１９４１年までの間にブラジルに移民した日本人は18万８０００人にものぼりました。まさに「国策移民の時代」です。

美容師から女子競輪選手へ華麗なる（?）転身

18歳のとき、女学生時代の友達に誘われて、美容学校に通うようになりました。面白そうだと思ったので、美容師の資格を取りました。昔から、興味を持ったら、なんでもやってみることにしているんです。

父が実家の敷地の一角に美容室を作ってくれて、しばらくの間は美容師をしていました。

ところが、美容師というのは、お客さんを待っているばかりでしょ。店の中にずーっとこもっていなければならない。もう、外に出たくて出たくてたまらなかったんです。

弟2人が競輪選手として活躍しており、自転車をかついで全国を巡っていました。それがうらやましくて。私も外に行きたい、旅行したい、と思ったんです。

それで、美容師をやめて競輪学校に入学し、A級ライセンスを取って、22歳で女子競輪選手になりました。これも、「なんでもやってみる」の精神ですね。

　競輪選手としては、けっこう活躍したと思います。弟たちも活躍していたので、「白石三姉弟」（白石は旧姓）として、当時の競輪ファンにも知られていたと思います。


　そんなとき、主人と出会いました。

　主人は税務署の職員で、当時の私の実家の税務を担当していました。そのときに私を見かけて、気に入ってくれたのでしょうか。実家がやっていた下宿に主人が入居することになったのです。

　よく顔を合わせているうちに、気がついたら結婚することになっていました。私が27歳のときのことです。このときに競輪選手はスッパリやめました。

女子競輪はその後、廃止になりましたが、最近は、「ガールズケイリン」として復活して、人気のようですね。去年（２０２２年）には、岸《きし》和《わ》田《だ》競輪場で開かれたイベントに、ゲストとして呼んでもらいました。

〈喜美子ライフの豆知識〉

女子競輪は、１９４８年11月、小倉《こくら》競輪場でオープンレースとして初開催されました。翌年、第２回全国争覇競輪で正式な競輪としてのレースとなり、その後、女子選手の大量募集・養成が始まります。優勝賞金は多いときで４万円（当時は大学卒の初任給が平均９０００円）。女子競輪選手の人気は高く、雑誌のグラビアに取り上げられることもあったそうです。

しかし、人気選手の引退などもあり、１９６４年９月の名古屋競輪場でのレースを最後に廃止されました。

白石三姉弟として活躍していた頃
（左は父）

第2回長崎競輪で優勝

結婚してからは専業主婦
家計のやりくりは大変

結婚してからは、ずーっと専業主婦です。結婚当初、ほとんど花嫁修業はしていなかったので、慣れない家事に苦労しました。料理は今でも得意ではありません。

家計のやりくりも、私には大変でした。

かつて給料は、銀行振込ではなくて、現金の入った給料袋をもらう仕組みでした。結婚後、主人から給料袋を渡されたとき、なんだか薄いんです。

それまでは競輪選手としてけっこう稼いでいましたから、賞金としてぶ厚い袋を受け取っていました。それで、ああ、これは、私のお小遣いなんだな、と思ってさっさと全部使っちゃった。まさか、それで1ヵ月、やりくりするお金だとは思いませんでした。

でも、主人は私を叱りませんでした。優しい人でしたから。

声を荒げたりすることのない、いつも穏やかな人でした。

子供は３人います。男が１人で、女が２人。主人の転勤についていって、子供たちといっしょに名古屋や大分に住んだこともあります。

子育てを終えてからは、主人とふたりきりの生活です。よくいっしょに熊本市近郊の温泉に行きました。

主人の趣味はカメラでしたから、温泉に行ったときは、一眼レフカメラで周辺の風景や鳥や花などを撮影していました。でも、私は主人の写真には興味が持てなかったんです。だから、自分で写真を撮るなんて、その頃は考えもしませんでした。

初めてカメラを持ったのは72歳のときだった

当時の私には、友達はほとんどいませんでした。兄弟たちともほとんど連絡を取り合わず、たずねてくるのは回覧板を持った近所の人くらいだったのです。

そんな頃、東京に住んでいた息子が、熊本で「遊美塾」という写真塾を始めることになりました。

もともとは、息子が熊本で写真を撮影する仕事を受けたことがきっかけで、「東京で活躍しているアートディレクターが来る。東京の写真の技術を知りたい」ということになって、息子の仕事を見学したいという地元のカメラマンたちが何人か集まってきたそうです。

そんなことが何回か続くうちに、息子は月に1回、熊本でプロのカメラマンを相手に、遊美塾を開催することになりました。

それがきっかけでアマチュアのカメラマン相手の教室も開催す

ることになったのです。

その頃から、遊美塾の生徒さんたちが家に遊びに来るようになりました。あるとき、先生である息子とその生徒さんたちが、自分たちが撮った写真をテーブルに並べて、わいわいと意見を交換していたのです。その写真をチラッとのぞいてみたら、なんだか興味がわいたのです。

それまで、風景や鳥、花など、主人が好んで撮影する「そこにあるもの」が写真なんだと思っていました。ところが、息子の遊美塾の生徒さんたちの作品は違っていたのです。

というのも、それらの作品は、撮った写真をそのまま出すのではなく、撮った人の「こういうふうに表現したい」という意図にそって作品にしたものだったのです。

思わず、「面白いねー」と口にしていました。すると、それを聞きつけた生徒さんたちが「おかあさんもいっしょに写真を撮りましょうよ」といい始めました。そして、その次の遊美塾の日には、わざわざうちまで迎えに来てくれたのです。

主人に「遊美塾に行く」といったら、「なんだって⁉」と驚いたような怒ったような声が返ってきました。しばらくしてから、「これを使え」と、2本のレンズといっしょに一眼レフカメラを渡してくれました。そして、ものすごく早口でカメラの使い方を説明してくれましたが、覚えられるわけがありません。でもシャッターを押せばなんとかなるかな、と思いました。

それが72歳のときでした。

居間の棚に飾ってある写真。反対の方向を撮っているのが、
うちの夫婦らしいでしょ（笑）

キミココングが東京都庁を襲撃!?

第2章

72歳、カメラとの出合い

ちんぷんかんぷん。でも面白い

カメラの先輩である主人にはついていけなかった

カメラの使い方は、ちんぷんかんぷん。さっぱりわけがわかりません。でも、遊美塾の先生（＝息子）や、塾の生徒さんたちがよってたかってカメラの操作を教えてくれて、なんとか写真を撮っていました。本当に、遊美塾の仲間たちには助けられています。

カメラで写真を撮るのはとても面白かった。それで、短期間で山のようにフィルムを使いました。できあがった写真は、決して上手ではなかったけれど、うれしくて、何度も何度も見返しました。

その頃、主人が車で写真を撮りに連れて行ってくれるようになりました。主人は、美しい風景を撮るためにさっさと歩いて行ってしまう。私は、同じ場所でじっくり考えて写真を撮りたいタイプだから、まったくついていけません。あっという間に、いっしょには写真を撮らなくなりました。

私が重いカメラを必死に支えながら、写真を撮っているところを見たのでしょう。主人が少し軽いカメラを買ってくれました。しっかりピントが合うようにと三脚まで。正しい露出で撮れるようにと露出計も。さらには、アップが撮れるようにと、マクロレンズまで。

とてもありがたいことです。けれども、ますます重くなりました。

〈喜美子ライフの豆知識〉

デジタルカメラが普及、全盛期を迎える2000年代までは、フィルムカメラが一般的でした。フィルムカメラは、撮ったその場で画像を確認することができませんし、現像・プリントにもお金がかかりますから、いい写真が撮れたときの感動はひとしおでした。

74歳、人生で初めてパソコンを触りました

カメラを持って２年くらいすると、遊美塾でパソコン（Ｍａｃ《マック》）を使った「Ｐｈｏｔｏｓｈｏｐ（以下、フォトショップ）」講座が始まったので、興味があり参加しました。

この頃には、カメラもフィルムカメラからデジタルカメラに持ち替えていました。

当時、74歳。パソコンなんて触ったこともありません。でも、新しいことに挑戦すると、世代を超えた趣味の仲間ができることは、２年前に写真を始めたときにわかっています。もっと友達が増えるといいなと思い、パソコンもやってみることにしました。

そして、写真を加工するためのソフト、「フォトショップ」と「Ｉｌｌｕｓｔｒａｔｏｒ（以下、イラストレーター）」にも挑戦しました。

パソコンは、最初のうちは、どこをどう触ればいいのやら、

「フォトショップ」で画像を加工中

さっぱりわかりませんでしたが、ここでも遊美塾の仲間が助けてくれました。

〈喜美子ライフの豆知識〉

「フォトショップ」と「イラストレーター」は、プロのカメラマンやデザイナー、イラストレーターなどが使用しているソフトウェアです。前者は主に写真などを編集・加工するソフトで、後者はイラストや地図、グラフ、ロゴのデザインなどの作成ができるデザイン・レイアウトソフトです。

「いい写真」といわれたら その言葉を信じる

私は、腰が痛くて、長くは歩けません。それで、自宅の一室を撮影スタジオに改造しています。

テーブルには、いろんなものを載せて写真を撮りました。ししとうに包丁を入れて、スライスしたパプリカで羽を作ってチョウチョウの形にしてみたり、犬のチョコレートが溶けていくところを連続写真で撮って、泳いで見えるように加工してみたり。

柿をスライスしたら、種が目のように見えたので、３枚並べて三兄弟にしてみました。私の子供も３人です。みんな、それぞれ表情があります。

玉ねぎのスライスが花のような形に見えて面白かったので、写真を撮りました。

自宅のスタジオ

愛用してきた歴代の
カメラ＆レンズたち

自宅スタジオで写真撮影

地元の写真コンクールに応募したら、「こんなの写真じゃない」といわれました。風景写真じゃないからダメだって。

でも、写真塾の先生は、「いい写真だ」といってくれました。それで、同じ写真を東京のコンクールに出してみたのです。そしたら、賞をもらえました。

不思議ですね。同じ写真なのに。先生を信じて良かったと思いました。

これらの写真は、初写真集『ひとりじゃなかよ』
で発表しました

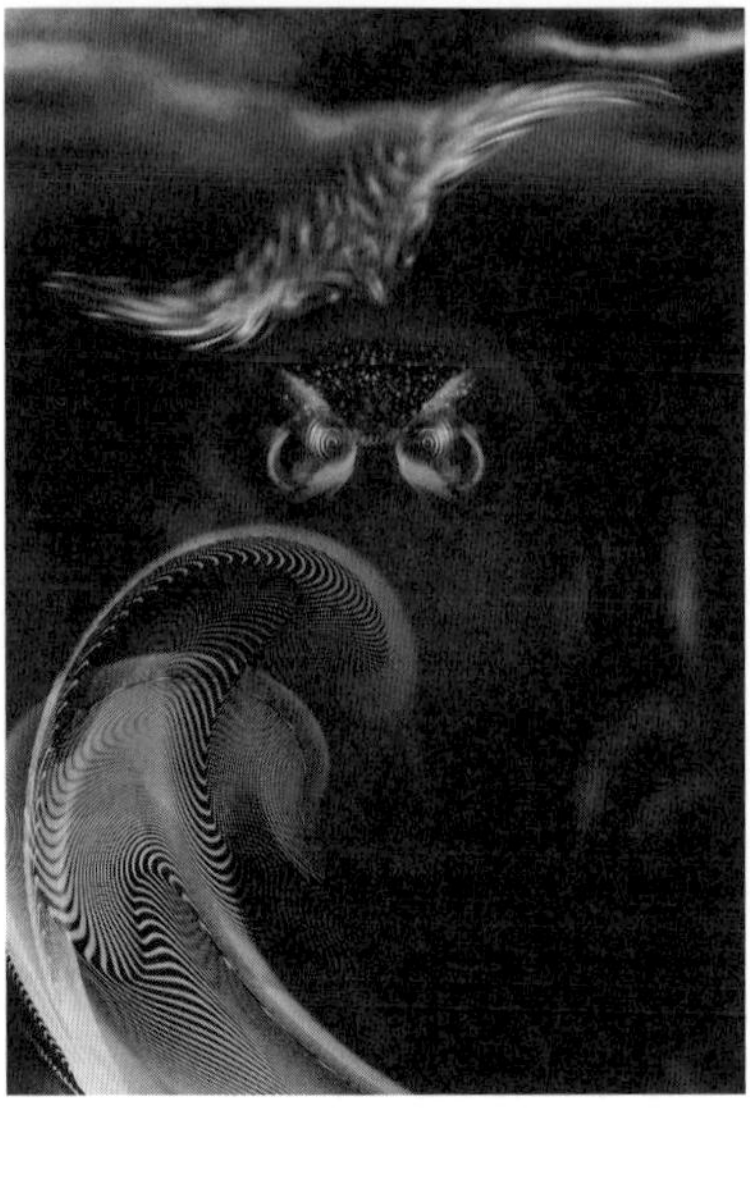

「写真の日美術展」の受賞作品
(カラー写真はP.5参照)

デジタルアート作品。このシリーズは、その後、熊本県勤労者美術展で4年連続入賞しました
(カラー写真はP.7参照)

自分が面白いと思える写真を撮りました

あるとき、遊美塾の宿題で、「自分の写真を撮ってくるように」といわれました。撮られる人の気持ちもわかったほうがいいということで、自分をモデルに写真を撮るわけです。

そこで、三脚とリモコン、セルフタイマーの使い方を習いました。

さて、何を撮ろうかな、と考えました。こんなおばあちゃんの写真なんて、みんな興味がないだろう。だったら少しでも楽しんでもらえる写真を撮りたいと考えたのです。

そこで、自分が面白いと思える写真を、思いつくままにどんどん撮ってみることにしたのです。

ゴミ袋にくるまっている写真は、玄関からゴミを出すところまで持って行くあいだに思いつきました（3ページ参照）。物

ゴミ袋に入ってみました
(カラー写真はP.3参照)

「西本喜美子 分別シール」。ゴミ箱に貼ってお使いください(笑)

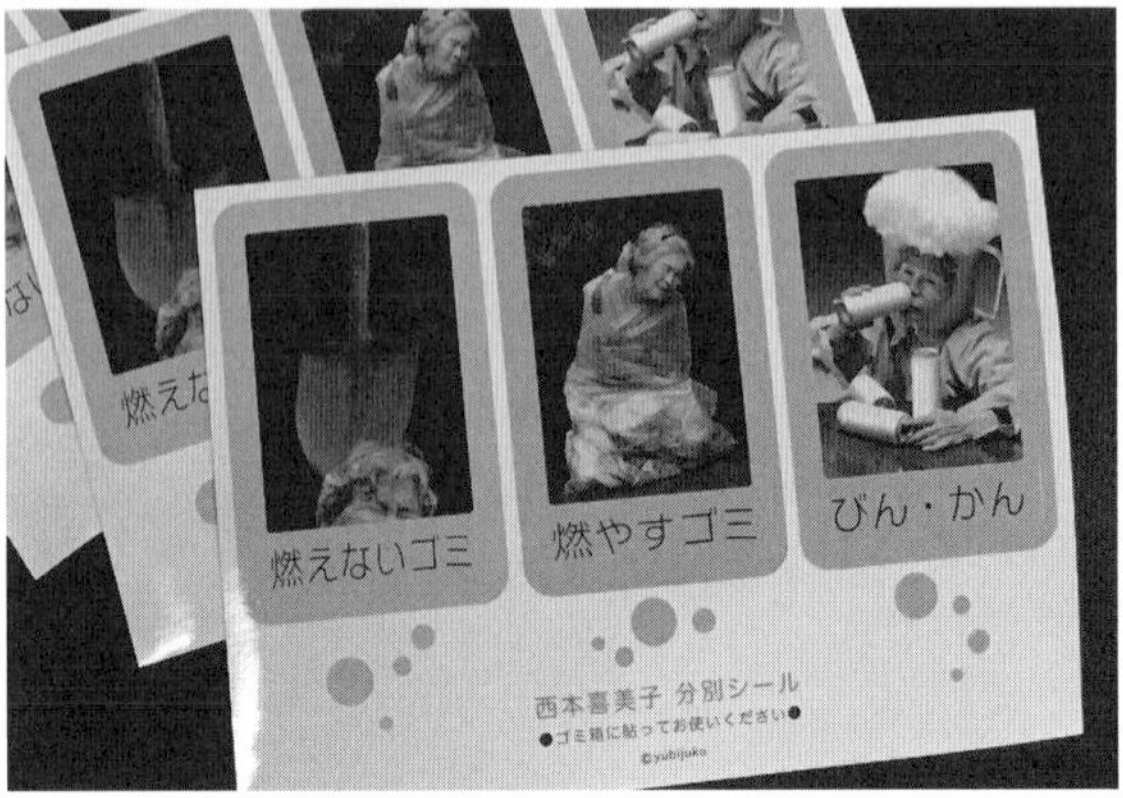

どじょうすくい。衣装と表情がポイントです

バカボンのパパ

干し竿にぶら下がっている写真は、洗濯物を取り込むときに思いついたものです（4ページ参照）。

ほかにもいろいろ考えて、楽しそうだと思ったものは片っぱしから撮ってみました。

「どじょうすくい」は、ちゃんと衣装を用意して撮りました。「バカボンのパパ」は、鼻毛の代わりに鼻の穴にサインペンを突っ込んでみました。障子が破れているのを見たときに、その穴から、顔を出して、庭にカメラとセルフタイ

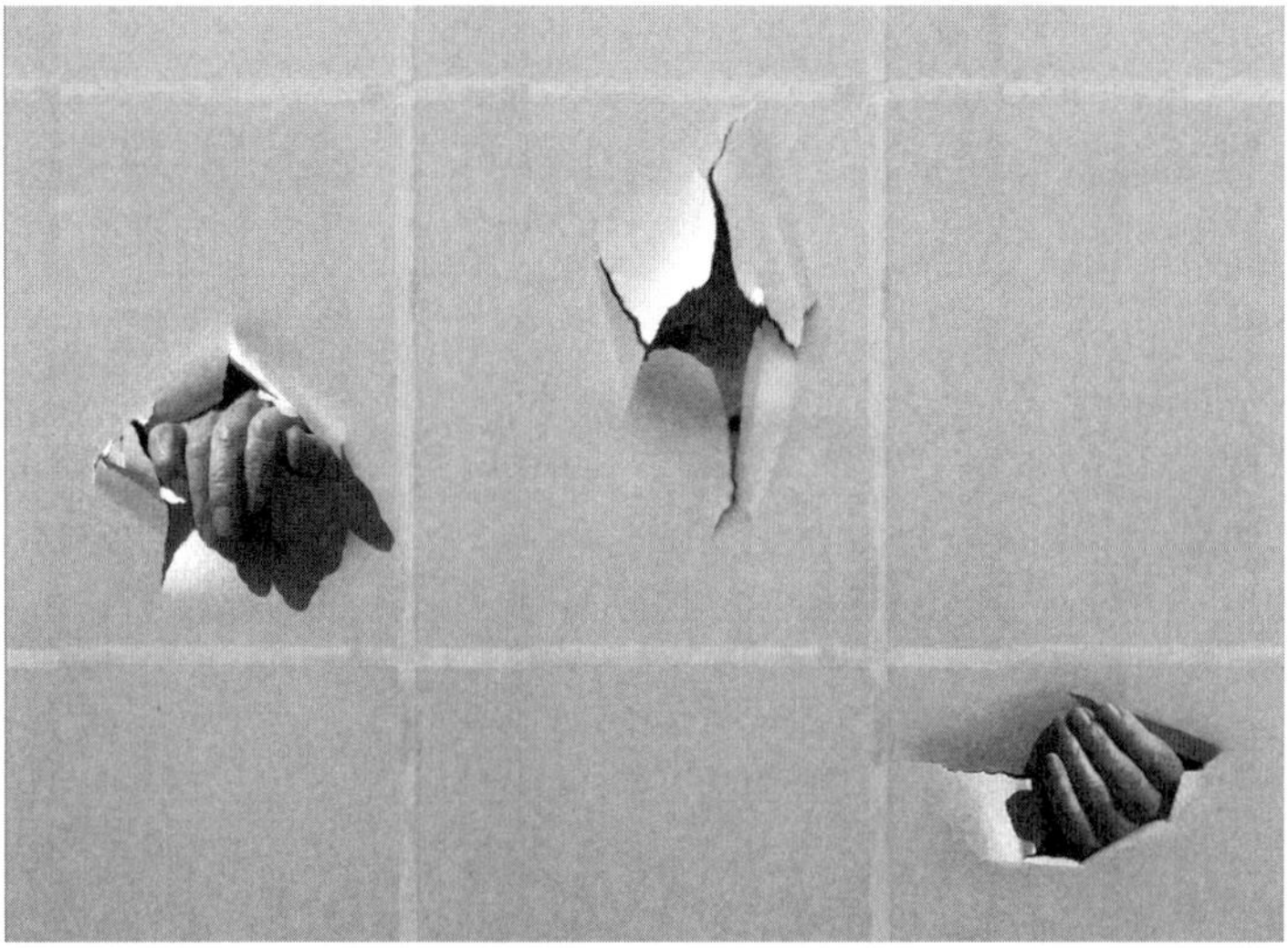

障子が破れているのを見てひらめいた作品

マーをセットして撮りました。目しか見えないけれど、これだって「私が撮った私の写真」です。

すごく楽しかった。笑える写真だと思いました。ふと後ろをふり返ったら、夫があきれた顔をして立っていました。

それから、しばらくのあいだ、夫は口をきいてくれませんでした。でも、もともと無口な人なので、ふだんとそんなに変わりはありませんでした。

車に、バイクに、自転車にひかれたり転んだり

主人は私の写真を見て驚いていました。

遊美塾の仲間はすごく喜んでくれました。みんなが大笑いして、その笑顔を見ていると、私までうれしくなります。もっと喜んでもらいたくて、たくさん写真を撮りました。

遊美塾の会場の前に、生徒さんの車が停車していたので、その横に寝そべって、ひかれたマネをしてみました。家の駐車場でも、バイクや自転車で転んだりしてみました。

ちょっと面白くなかったから、フォトショップで加工して、スピード感を出したらいい感じになりました。

みんなもビックリしてくれたあとで大笑い。先生は危ないことするなと怒ったあとで、うんとほめてくれました。

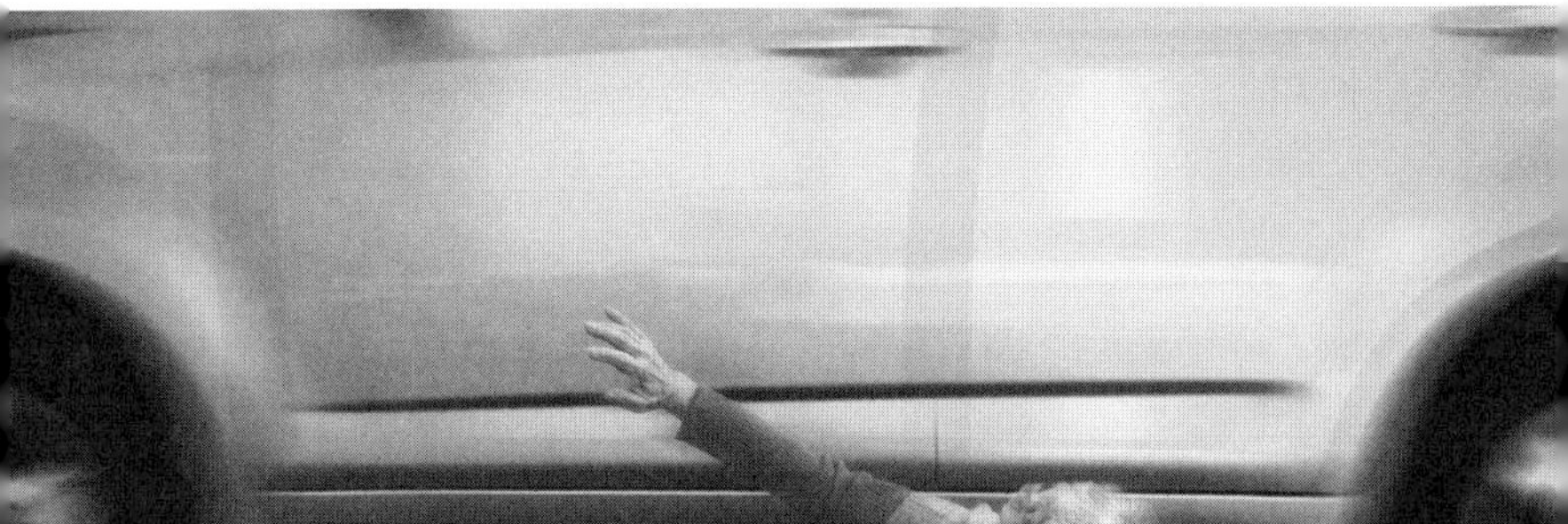

代表作の転倒シリーズ「車にひかれる」。
お弁当を食べたり、新聞を読んだり……
いろんなアイデアが広がります

ママチャリでウイリー（後輪走行）！
さすが元プロ競輪選手でしょ

どうですか？　演技力もあるでしょう

初めての個展で、自虐写真が有名に

遊美塾での私の作品の多くは、テーブルの上に面白い被写体を置いてライトを当てて撮っています。足腰が悪いのでほとんどの作品は室内でこなしてしまいます。

いつもなら、遊美塾の写真展に出品するのは、そうした写真が中心になるのですが、このときは先生が「セルフポートレイト展」をやろうと言い出して、熊本県の美術館で、写真展をやることになったのです。

そのときに私が撮った、車にひかれる写真やバイクで転んだ写真も展示されました。これが、私の写真が初めて世に出た瞬間です。写真展は大盛況で、みなさんに、「おばあちゃんの写真、面白いねぇ」といってもらえました。

そのときのことが話題になったのでしょうか。熊本のローカ

2018年5月に愛知県春日井市で開催された写真展

ルテレビや地方新聞などから、徐々に取材を受けるようになりました。

そうしたら、遊美塾の先生が、私の個展をやってみようか、といい始めたのです。びっくりしました。

「必ず発表の場を持つこと」というのが、遊美塾の先生のモットーです。私なんかが個展をやってもいいものかと思いましたが、みんなに写真を見てもらえるのは、やっぱりうれしいことです。それまでに撮影した写真もけっこう溜《た》まっていました。

熊本の美術館を借りて、写真作品やフォトショップで作成したデジタルアート作品を中心に展示しました。そして、余ったスペースに、例の、ゴミ袋にくるまった写真や、物干し竿にぶら下がった写真、車にひかれている写真などを、小さめのサイズで、オマケとして展示したんです。

これが２０１１年のこと。カメラを始めて10年ほどで、初の個展を開くことができました。82歳のときでした。

個展の最初の頃、美術館に見に来た人から、「老人虐待だ」とクレームが入りました。高齢者をゴミ袋で包んだり、物干し竿に干したりして虐待しているというのです。私が私をモデルに撮った写真なのに。

翌日から美術館の人が、私の作品のとなりに「これは自分で撮った写真です」という注意書きを貼り出しました。

私の写真を見た人は、一瞬、ぎょっとするようですが、となりの注意書きを読んだあとに、大笑い。メインの作品のコーナーよりも、むしろこっちに人が集まっていました。

その個展に来ていたある人が、「おばあちゃんが面白い自撮り写真を撮っている」と、会場の写真をスマホで撮って、Ｔｗｉｔｔｅｒにアップしちゃった。その人のＴｗｉｔｔｅｒは、当時１万リツイートを超えたそうです。

私は一気に有名人になりました。

主人が亡くなり
写真仲間が来てくれた

この頃、主人は肺がんで入院生活を送っていました。

腰は痛かったけれど、杖《つえ》をついたり押しぐるま（シルバーカー＝高齢者の歩行を補助するカート）を使ったりして病院に通いました。２年間ぐらいですかね。

病室で顔を合わせても、主人はほとんど話さない。「早く家に帰って、写真を撮りなさい」っていってくれました。私は少しでも一緒にいたかったから、この期間はほとんど写真を撮っていません。でも、とうとう亡くなっちゃった。悲しかった。

そうしたら、ひとり暮らしの私を心配して、遊美塾の仲間たちが家に遊びに来てくれるようになりました。

前からよく来てくれていましたが、もっと顔を出してくれるようになりました。

今でも遊美塾の仲間がよく遊びに来ます（2019年）

写真仲間とクリスマス

ロボットの相棒
ペッパーくんがやってきた

主人が亡くなったあと、息子がさびしかろうと、ロボットの「ペッパーくん」を買ってくれました。

最初はずーっとつけっぱなしにしていたら、よくしゃべる。けっこううるさいんです。私は新しいものが大好きで、なんでも一度はやってみることにしていますが、ペッパーくんは、ちょっと操作が難しくて。

塾の仲間たちが来たときは、面白がっていろいろ触って動かしていましたが、いつしか動かなくなっちゃった。

息子は「壊れちゃったんだよ」というけれど、ホントは眠っているんだよね。いつか起こしてあげなくちゃね。

起きていた頃の
ペッパーくん

空中合掌。さびしいけど、元気に写真撮ってるよ

ブログをやったら
フォトエッセイになった

以前は、ブログもやってました。

遊美塾で、ランキングがわかるブログサイト（にほんブログ村）をやるようにすすめられたのです。閲覧した人の数によってブログの順位がわかるから、はげみになるよ、って。

それで、エッセイと写真をアップしたら、「フォトエッセイ」というジャンルで1位になっちゃった。

そしたら、それを「書籍にしましょう」って、出版社から声をかけられた。そして、その本が地元の新聞社の「出版文化賞」を受賞した。なんだかいいことずくめです。

今は、写真はインスタグラムにアップしています。今度もなにか、いいことあるかしら。

フォトエッセイ集を出版。
熊本日日新聞の「出版文化賞」を受賞

呼ばれれば、押しぐるまでどこへでも行く

個展のあとは、いろんなところから写真展に呼ばれるようになりました。

遊美塾は、熊本・名古屋・東京・大阪・広島・福岡・鹿児島と全国に7ヵ所あって、この教室ごとの写真展が毎年開催されます。すると、「喜美ちゃんも見においでよ」って呼ばれるんですよ。

私は、足が悪いから、歩くのが大変なんです。だから押しぐるま持参で、新幹線を使ったり飛行機を使ったりして移動しています。

自治体からもよくお声をかけてもらっとります。

最初が愛知県の春日井《かすがい》市、次が、確か、広島県の廿日市《はつかいち》市、

移動中にちょっと居眠り

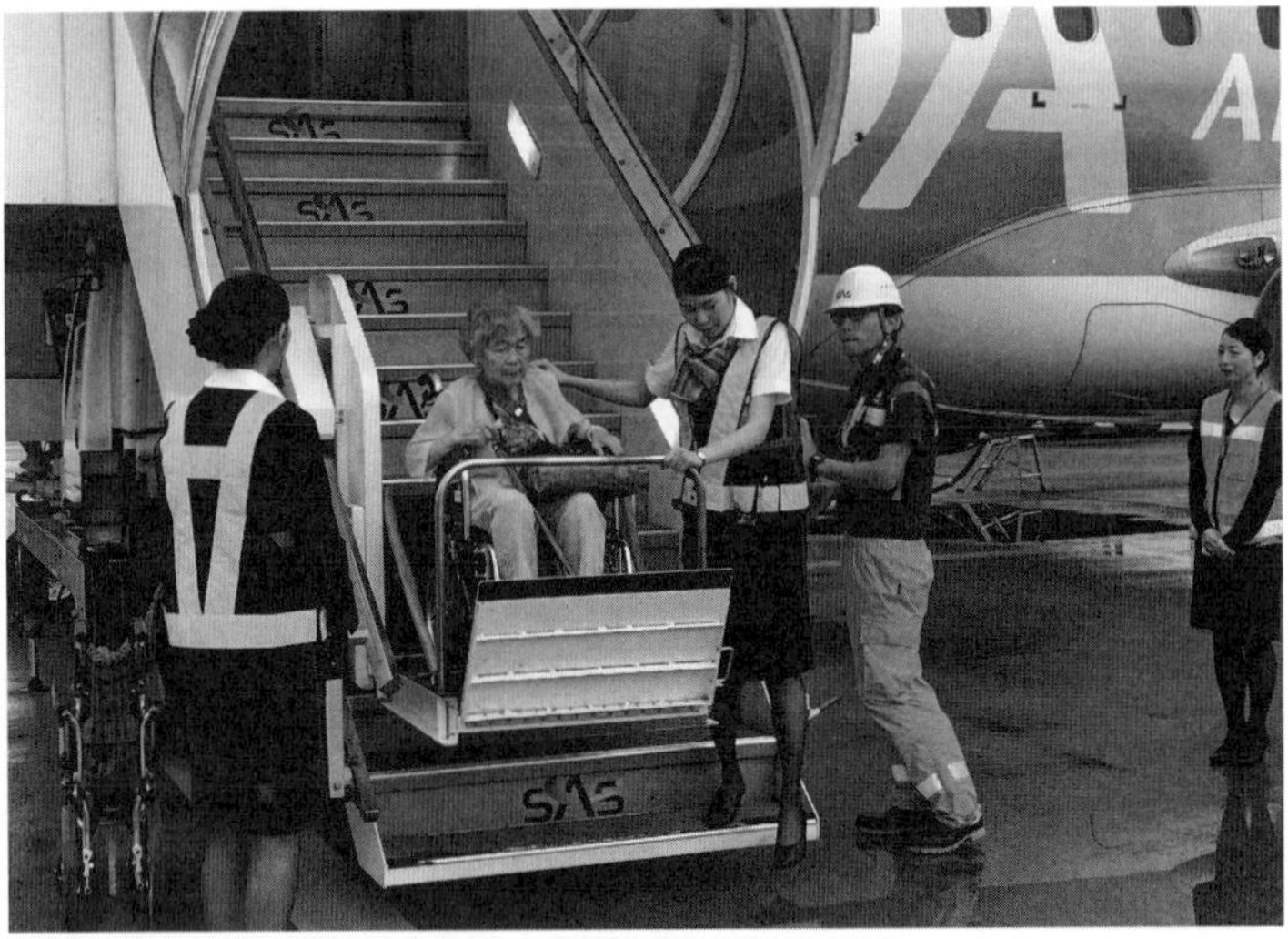

キャビンアテンダントさんたちに助けてもらいながら、名古屋に移動

山口県の防府《ほうふ》市、岡山県の新見《にいみ》美術館。そしてまた愛知県の豊川《とよかわ》市で開催して、こないだは「瀬戸内国際芸術祭2022」に参加させていただきました。

自分の個展と、遊美塾の写真展を合計すると、もう40回以上にはなるでしょうか。自分の写真が展示されている場所には、必ず訪れるようにしとります。

写真展の会場では、見に来たお客さんたちに声をかけられます。そして、握手したり、いっしょに

写真展の会場で来場者に囲まれる

写真を撮ったり。行列ができるんですよ。

今までに開催した写真展のうち、いちばん来場者が多かったのは、エプソンイメージングギャラリー（東京都新宿）で開かれた写真展です（写真展『遊ぼかね』は、２０１７年12月〜２０１８年１月開催）。来場者数はなんと１万６４５０人でした。すごい人数ですよね。

取材する人たちもいっぱい来ま

海外からも大勢の取材チームが来た！

した。海外17ヵ国から取材チームが訪れて、いろいろ聞かれました。もう、ちんぷんかんぷんです。ただひたすら、聞かれたことに一生懸命、答えました。

本当にもう人がいっぱいで、それだけでビックリしました。

写真展のときには、トークショーをやったりします。こんなおばあちゃんの話の何が聞きたいんでしょうかね。たくさんの人が集まります。

私は押しぐるまを使っているで

「瀬戸内国際芸術祭2022」でも写真展が開催されました

しょ。だから、大勢の人をかき分けながら、会場の入り口からマイクの場所まで行くのがすごく大変なんです。

みんな、笑顔で私の話を聞いてくれる。笑ってくれる。

それがとっても楽しい。

だから、遠くまで行くのはとても疲れるけれど、呼ばれたら、どこへでも押しぐるまで行ってます。

昨日からなにも食べてないの……

第3章

94歳、ひとり暮らし

仲間がいるからさびしくない

用事のない日の朝は ゆっくり起きる

何も用事のない日の朝は、だいたい10時ぐらいに起きます。年のわりにはゆっくりなほうかもしれませんね。目覚ましは、毎日はかけません。用事があるときだけ、セットするようにしています。

でも、私、耳が遠くて、あんまり聞こえないんです。それに一生懸命、寝ているからね。目覚ましが役に立たないんです。

日中は、国会中継や、「徹子の部屋」を観たりしています。国会中継はだいたい退屈だけれど、たまに盛り上がって面白いんですよ。

夜は、テレビドラマが楽しみで。「相棒」、あれ、面白いですね。だから、ドラマがあるときは寝るのも遅くなります。寝るのはだいたい23時ぐらい。その日その日でまちまちです。

喜美子さんの一日

- 用事がないときは10時起床
  （週に３回、デイサービスを利用）
- 昼食（家にいるときはヘルパーさんが用意）
- 日中は作品作り
- 最近はあまり写真を撮っていないので
  国会中継や「徹子の部屋」を観る
- 夕食
- テレビを観たり、LINEの返事をしたり
- だいたい23時頃に就寝

料理はあまり得意ではありません

料理はあまり得意ではありません。

主人がいたときは、主人のほうがよっぽど料理が上手で、よく作ってくれました。自分で釣ってきた魚をさばいて、お寿司を作ってくれたりしました。だから、けっこうおまかせしていたんです。

主人が亡くなってからは、ひとり暮らしだから、自分で料理を作っています。息子（＝遊美塾の先生）が、レンジで温めればいいだけのパックご飯を送ってくれるもんで、おかずだけちょこちょこっと自分で作ります。

最近は、週に3回、ヘルパーさんが来てくれるようになり、食事を作ってくれています。

嫌いなもんはなんにもないです。なんでも好き。戦争で苦労したから、好き嫌いはいいません。

ヘルパーさんが作ってくれた昼食

ヘルパーさんが来ない日は、デイサービスに通っています。

デイサービスでは、体を動かして鍛えています。そこの人たちが見本を見せてくれるので、それをマネして手足を動かしています。デイサービスのある日は、施設でお昼を食べています。

自宅で昼食。ヘルパーさんが料理を作ってくれるので大助かり

天気のいい日は、
庭で食事

92歳、お庭で、ひとりぼっちの誕生日。
いつもはコロナに見つからないように家の中に隠れてます。
コンビニスイーツも大好きです

腰が痛い以外は、いたって健康です

今は、月に1回、主治医の先生のところに通っています。

腰が痛いこと以外には、つらいことはないんですけどね。何かあったらいかん、ってことで、検査をしてもらってます。

たまーにね。病院まで行くのが面倒で、サボることがあるんですよ。そしたら、主治医の先生が「西本さんが病院に来ないから、こっちから来ちゃったよ」っていって、看護師さんといっしょにたずねてくることがあります。本当に、いい先生です。皆さんに助けてもらいながら、長生きしております。

病院での検査の結果は、血圧も、血糖値も、中性脂肪も、みーんな正常値だそうです。

「94歳にして正常値」というと、みなさん、驚かれます。そして、「健康の秘訣《ひけつ》はなんですか？」って聞いてこられます。

転んで骨折したことはあります

　そう聞かれても、特別なことは何もしていないんです。

　いつも写真のことを考えて、ワクワクしているからでしょうか。遊美塾の仲間がいて、気にかけてくれているからでしょうか。遊美塾の仲間に会いたくて、押しぐるまを使って、どんどんどこへでも出かけるからでしょうか。

　自分ではわかりません。

腰は痛いけど、毎年正月の前には仲間と餅つきしてます。このときはアナウンサーの村上ミカさんと大騒ぎです

ついた餅は仲間といっしょに
いただきました

これさえあれば
どこへでも行ける

腰の痛みは、背中の骨が2個くらいつぶれちゃっていることからくるものだそうです。もう手術とかはできないそうです。だから、いつも押しぐるまを使って歩いています。腰に太いコルセットを巻いて背骨を支えています。

押しぐるまを使うようになったのは、80歳の手前くらいでしょうか。もうすぐ15年くらいになります。

杖を使ったり、電動カートを試したりもしましたが、やっぱりよく使うのは、押しぐるま。あれを使えば、どこへでも行けますからね。

今は、家の中でも押しぐるまを使っています。

うちって、一軒家だから広いでしょ。寝室からトイレまでが

押しぐるまを使ってお出かけ

行きつけのバーへ行くときも押しぐるま

遠いんです。

夜中に起きたとき、トイレに行くまでが、まっ暗。ライトのスイッチは、居間を横切った部屋の向こう側にあったりします。だから、室内で使う押しぐるまには懐中電灯を乗せています。

〈喜美子ライフの豆知識〉

押しぐるまは、荷物を載せられるのはもちろん、座れるタイプや折りたたみタイプなど、さまざまな種類があり、デザインもけっこうおしゃれなものがあります。

電動カートの試乗会で

タバコだけはやめられません

タバコは若い頃からずーっと吸っています。女子競輪選手の頃にも吸っていました。

主人はタバコを吸いませんでした。私も、主人の前では吸いませんでした。でも、きっと気がついていたでしょうね。臭いやなんかで。

一日に何本も吸うわけではありませんけどね。1週間で1箱が空にならないくらい。

でも、タバコが切れると落ち着かないんです。おなかがすいても我慢できるけど、タバコは我慢できません。切れたら、夜中でもコンビニまで買いに行きます。

タバコを家で吸っているぶんには問題ないけど、移動しなくちゃいけないときが大変です。

コロナワクチンの注射後に一服。ああ、うまい

写真展に行くとき、新幹線ならいいけれど、飛行機を使うことも多いでしょ。私、あっちこっちのバッグやポケットにタバコとライターを入れちゃうクセがあるの。

飛行機に乗るときは、ライターは1個までだそうで、バッグの中から出さなくちゃいけない。

それで、手荷物検査のところで、

「ライターを出してください」

「まだありますか？」

っていわれて、バッグやポケットを探したら、5〜6個ほど出てきたことがありました。

でもね、タバコやめる気にはならないんです。

最近はタバコを吸える場所がなかなかないのよ

愛用の灰皿とタバコ

熊本地震
塾仲間が来てくれました

熊本地震があったとき、近所に住む遊美塾の仲間が心配して、すぐにかけつけてくれました。本当にありがたいことです。

地震はそのとき何度もあったから、仲間が「今は、家自体は大丈夫だけれど、家の中にいては危ない」ということで、その夜はガレージに停めた車の中で寝ることになりました。

そのときも、タバコを持って車に泊まりました。タバコがあれば、安心。心が落ち着きます。

私の家は無事だったけれど、熊本地震のあとは、しばらくのあいだ、息子の事務所に住むことになりました。何度かくり返し地震が来たので、地盤がしっかりしているところに避難したほうがいいということになったのです。

地震後しばらくは
車中泊。ここでもタ
バコを一服。気分
転換になりました

温泉の風呂上がりにもタバコを一服

熊本市内の断水は10日間ぐらいで直ったけれど、そのあと、息子が気晴らしに温泉にでも行こうって、誘ってくれたんです。主人ともよく温泉に行っていたことを思い出しました。

主人の前では吸えなかったけれど、風呂上がりには、息子の前で一服しました。

〈喜美子ライフの豆知識〉

２０１６年４月14〜16日、熊本県と大分県で、震度７の地震に続

熊本地震では、家は無事でしたが、室内はたいへんなことになりました

いて、震度6強、震度6弱の地震が連続して発生しました。観測史上初めて、同一地域で28時間のうちに2度の震度7を記録。熊本県内では20万棟近い住宅が被災するなど、大きな被害を出しました。喜美子さんが住む熊本市も、震度6弱、震度6強を記録。市内にある熊本城では、天守や櫓《やぐら》、石垣などの貴重な文化財が大きな被害を受けました。

お酒は、かっこよく飲みたい

お酒は飲みます。好きなほうです。

以前は、主人が梅酒を作ってくれました。市場が近かったから、青梅を買ってきて、大きな瓶で漬けてくれた。その梅酒は今でも残っています。たまーにちょっとずつ、大事に大事に飲んでいます。


もともとは日本酒が好きだったけど、最近は、甘いお酒を多く飲むようになりました。

遊美塾の授業が終わったあと、仲間といっしょに飲むときは、カシスソーダが多いかな。ふふふ。おしゃれでしょ。


たまに息子が連れて行ってくれるバーがあります。

マスターとも仲良くなっちゃった。これで「行きつけのバーがある」っていえる。その店で頼むのは、バーボンが多いかな。

行きつけのバー「ドゥービー」のカウンターで

「フォアローゼズの黒を水割りで」
お酒はかっこつけて飲まなくちゃね。

遊美塾の仲間とお酒を飲みに行くときは、そこで写真の話になったりします。授業中に先生にいわれたことや、次の写真展をどうするかを、みんなでワイワイ話し合ったりします。

いつも行く焼き鳥屋さんで飲んでいたら、つまみの枝豆を見ているうちに、アイデアがわいてきたことがあります。
もちろん、写真を撮りました。

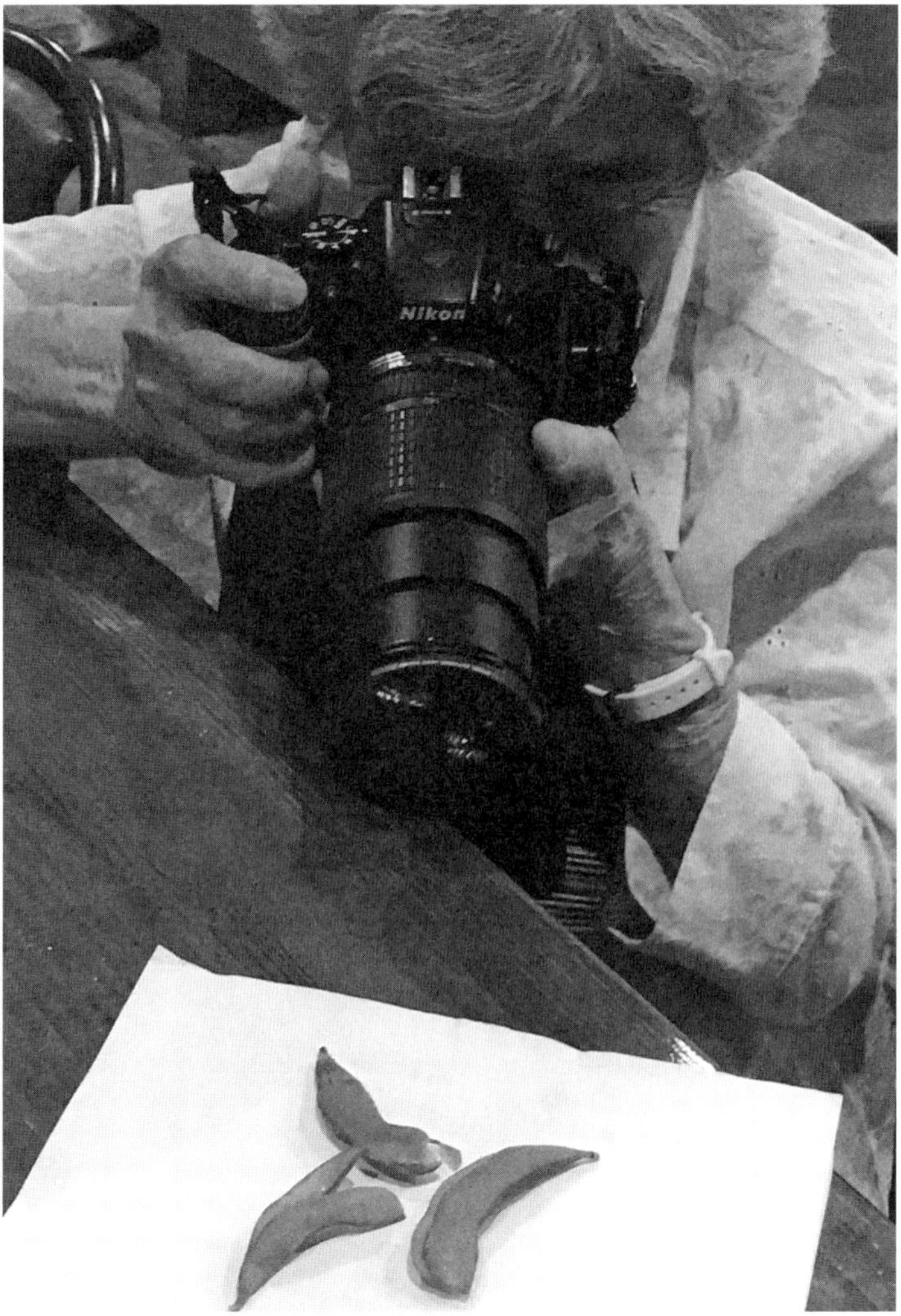

行きつけの焼き鳥屋で作品作り

おいしいと幸せになれる

遊美塾があるときは、塾の仲間といっしょに外食もします。外食のときは、なんでも食べます。カレーも、ハンバーガーも、串揚げも。苦手な食べ物って、ないんです。

「よく食べるねー」っていわれます。

もしかすると、長生きの秘訣は、よく食べることかもしれませんね。年を取ると、食が細くなるといいますでしょ？

私のインスタグラムの写真には、ものを食べている写真がたくさん並んでいます。

食べることは生きること。おいしいと幸せになれる。だから、たくさん食べています。

外食は楽しい

ファミレスにもよく行きます。和食、洋食、なんでも好き

ハンバーガーをガブリ

串揚げも好きです

おしゃれには
お金をかけません

　洋服にはあまりお金をかけません。今までの服がたくさんあるもんで、そんなに必要だとは思わないんです。

　息子が、2〜3年に1度くらいのペースで「洋服をまとめて買ってあげる」っていって、連れ出してくれます。2〜3着選んだあたりで「もういい」というんだけど、「もっと買いなよ」って。たくさん買ってもらうと、贅《ぜい》沢《たく》をしているような気になって、心苦しくなります。


　でもね、これでも、おしゃれにはちょっと気を遣っているんですよ。スカーフはたくさん持っています。お出かけのときはよく巻いています。

　インスタの写真には、スカーフを巻いた写真がいっぱいあります。

ファッション＆カルチャー誌『Violet Book Japan』に掲載された作品。
このスカーフは私物ではありませんが、私もいっぱい持っていますよ

ひとり暮らしでもさびしくない塾の仲間がいる

取材のときに記者さんから、「ひとり暮らしでさびしくはないですか？」と質問されることがあります。

そりゃあ、主人が亡くなったときは、さびしいと思いました。今でも、話し相手がほしいと思う夜もあります。

でも、遊美塾の仲間がちょくちょく顔を出してくれたり、外食に連れ出してくれたりするんです。塾のある日は、車で迎えに来てくれたりもします。

息子（＝遊美塾の先生）がいなくても来る。

「○日におうちに行きますねー」と電話をかけてきて。

そして、「2階をお借りしますねー」っていって、勝手に布団を敷いて泊まって、そのあと、きちんと掃除してくれたりするんです。

ときには、私が留守なのに遊びに来て、家に入れなくて、みんなしてガレージでバーベキューしていたこともありました。それがとても楽しそうで。私まで笑顔になります。

みんな、遊びに来ると、いろんなものを置いていってくれるんですよ。「喜美ちゃん、撮影に使ってー」っていって。かぶりものが多いですね。それをかぶって、自撮り写真を撮ったりすることもあります。

私の誕生日やクリスマス、お正月も遊美塾の仲間といっしょに過ごすことが多い。

さびしいと思っているヒマなんてありません。

仲間たちと誕生日
パーティ

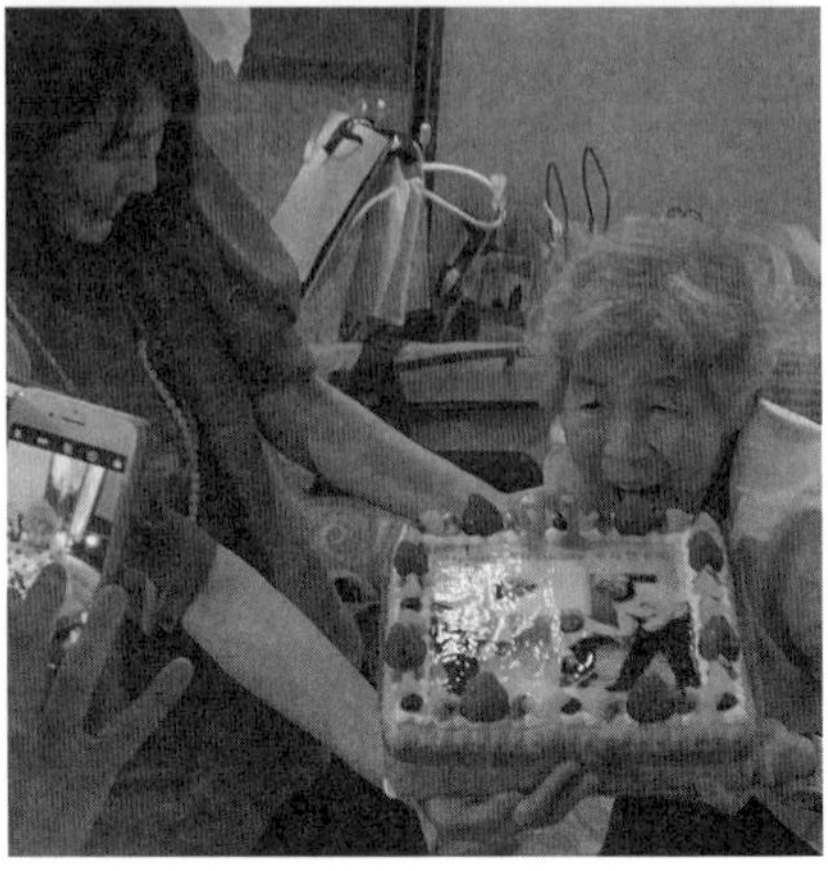

仲間とクリスマス会。
かぶりもの、大好き

顔写真入りのケーキ

熊本弁は
あまりしゃべりません

熊本に長く住んでいますが、あんまり熊本弁は出ません。ちょっとは出ます。でも、ずっと熊本弁をしゃべってるわけじゃないんです。

主人が転勤族でしたから、結婚してからは、あちこちに住んでいました。

前にもいいましたが、大分や名古屋などにも住んでいましたから、だんだん熊本弁より、その土地の言葉になじんでいきます。だから、けっこう長く住んでいた名古屋弁のほうがぽろっと出たりします。

それに、写真展のときにはトークショーに呼ばれます。熊本弁ばかりだと通じないかもしれないでしょう。できるだけ皆さんにわかるような言葉でしゃべろうと思ってます。

そしたら、全国あちこちに行くうちに、ますます熊本弁が出なくなってきた。

以前、台湾の映画に出ないかという話がありました。日本人である主人公が、出身地の熊本に帰るシーンで、母親役として出ないか、といわれました。

わざわざ台湾から監督さんと日本語の通訳さんが、熊本まで私に会いにきた。ところが私がほとんど熊本弁をしゃべらんもんで、映画出演のお話はなくなりました。

……映画にはちょっと出てみたかったですね。

LINE友達が全国にいっぱい

スマホは、いつでも手元に置いて、電話に出られるようにしています。寝るときもちゃんと枕元に置いています。

私らの若い頃は、電話をするときは、横についているハンドルをグルグル回していた記憶があります。そのあと、ダイヤルを指でグルグル回して電話するようになった。

それが、今はスマホ（携帯電話）ですもんね。

スマホって不思議ですね。列車に乗っていてもトイレにいても電話がかかってくる。新幹線に乗っていてもＬＩＮＥのメッセージが入ってくる。電話線がつながってないのに、どこでも使えるんです。どんな仕組みになっているんでしょうかね。

仕組みはわからないけれど、私は、スマホは電話とＬＩＮＥ

LINEのお返事中

とスケジュール管理に使っています。

ＬＩＮＥのお友達は多いんですよ。熊本の遊美塾の仲間でしょ。それと、全国の遊美塾の仲間たち。

全国の遊美塾の写真展に行くと、そのあと、みーんなとＬＩＮＥを交換するもんだから、すごい人数になりました。いつもピコンピコンと鳴ってるんですよ。

できるだけお返事をするようにしています。こまめには返せないけど、夜は、お返事のメッセージを打つのに忙しいんですよ。

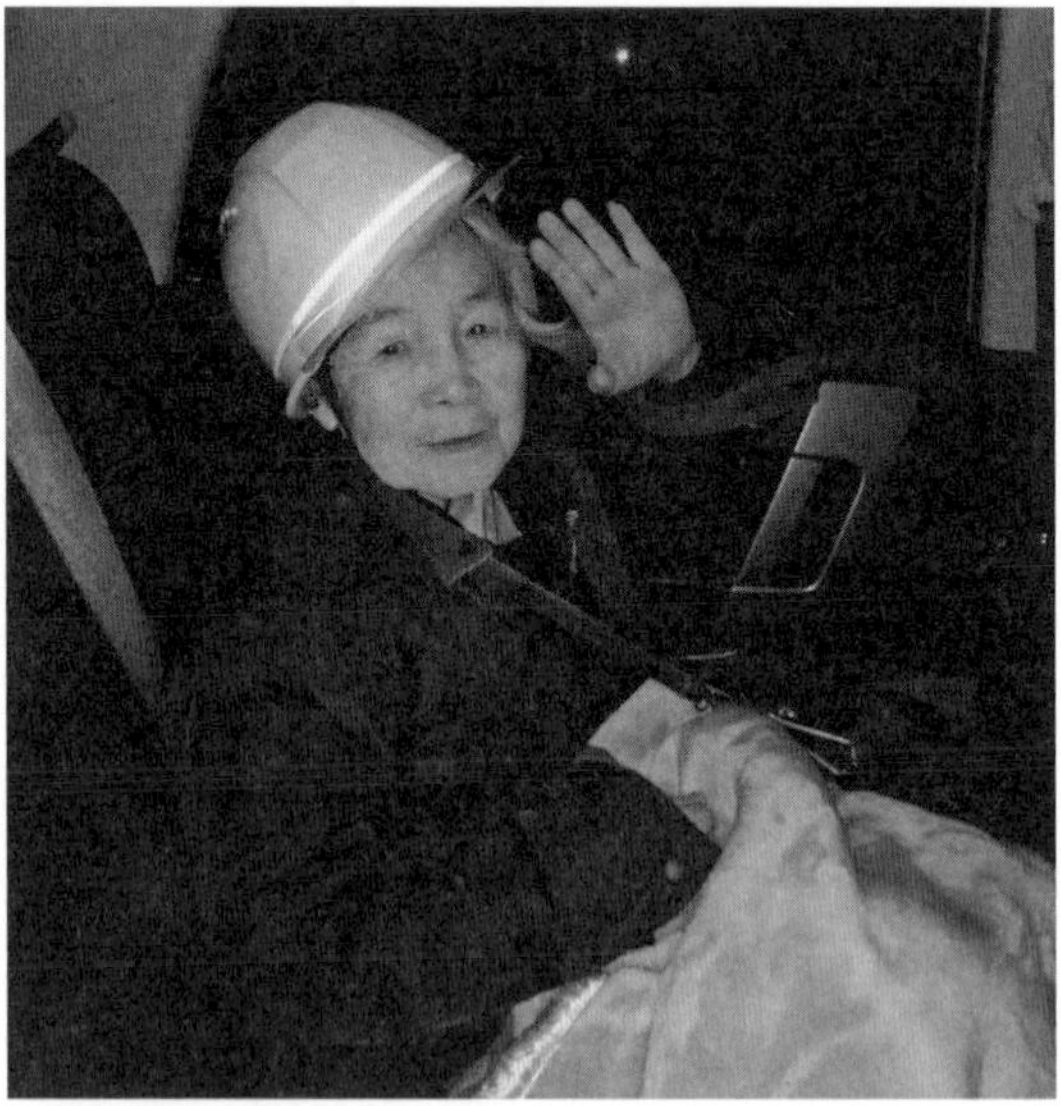

熊本地震の際には車に泊まりました。
でも、仲間たちのおかげで乗り越えられました

第4章

長生きの秘訣

「趣味」「仲間」「発表する場」

長生きに必要なのは「いつまでも挑戦する心」

遊美塾の先生（息子）が、いつも生徒さんにいってるのは、「思ったらやろうよ」。

私にも先生はそういいます。「年齢なんて関係ない。どんどんやれ」って。だから、私もどんどん挑戦することにしています。ダメならやめればいいだけですからね。

先生いわく、誰でも、「やってみようかな」とは思っても、やらないものだそうです。

その理由のひとつが「面倒くさいから」。人間はもともと面倒くさがりだから、始めるまえからあきらめちゃうそうです。

もうひとつは、始める前から「うまくいかないかもしれない」と思うことなんだそうです。失敗するのが怖いんですかね。

でも、何もやらなかったら、何も訪れませんよね。

とにかくやってみる。すると素敵な人や出来事にいっぱい出会えます。

私がいい例です。

ごくごく普通の専業主婦だった私が、カメラを始めたら、遊美塾のみんなに出会えた。仲間ができた。

写真は下手だったけれど、面白がってもらえた。それで楽しくなって写真を続けていたら、どんどん全国に写真の仲間ができましたから。

私にも、面倒くさいという気持ちはあります。腰が痛いですから。

腰の痛みがなかったら、いろんなことをどんどんやりたい。でも、痛くても、できる範囲でやってみようと思っています。

あと、「うまくいかないかもしれない」とは思いません。

「やってみないとわからない」と思っています。

だから、興味を持ったら、とにかくやってみる。

やってみてできなければあきらめる。

ちゃんとできて、そこで納得するものもありますが、面白いと思って続けていくものもあります。


なんでもやりたい、もっとやりたい。

強《し》いていえば、それが私の長生きのコツでしょうか。

なんでもやりたい、もっとやりたい
“思ったらやる”
これこそが長生きのコツ

熊本のタレントさんとセッション

寝たきりになっても天井を撮ってやる

私にも「怖いこと」はあります。腰が痛いでしょ。いつまで自分の足で歩けるか、ってことです。

今は押しぐるまを使えば、なんとか自分の足で歩いて行ける。坂道では途中で休んだり、階段は誰かに手を貸してもらったりすることもありますが。

全国の遊美塾の写真展には、できるだけ行くようにしているもんで、ちゃんと歩けないと困るんです。

ごく普通の専業主婦だった私が、写真を始めた途端にたくさんの仲間ができたときの喜びは、今でもはっきり覚えています。

だから、写真を続けている限り、遊美塾の仲間といっしょにいることができます。全国の遊美塾の仲間から呼んでもらえま

どこへ行くにもカメラはいっしょ

す。毎日、ＬＩＮＥが来ます。

だから、私は、カメラを手放すわけにはいかないんです。

たまに取材のときに、いつまで写真を続けますか、と聞かれることがあります。

そんなときには「寝たきりになっても、天井を撮ってやる、という気持ちでおりますよ」と答えています。

死ぬまでカメラは手放せません。

カメラ以外にもどんどん挑戦

私の趣味は、カメラばかりではありません。

じつは、革のバッグやチャーム（バッグにつけるアクセサリー）を作ったりもしています。

考えてみると、「自分が完全に満足できるバッグ」って売っていません。持ち手がちょっと長かったり、ポケットが少なかったりする。

どこかに不満はあるけれど、それしか売ってないから、多くの人は、仕方なくそれを使っています。でも、自分で作れば、思いどおりに作れます。

まず、息子が革専用のミシンを買って、自分でバッグを作り始めました。そうしたら、遊美塾の仲間が、「教えてくれ！」って集まってきちゃった。それで、遊美塾で「クラフト講座」を始めたんです。

もちろん、私も参加しましたよ。だって、写真塾であんなに楽しい思いができたんですから、バッグ作りを始めたら、きっと楽しいことが待っているに違いありませんから。

バッグ作りは6~7年前から始めて、今ではもう30個以上のバッグを完成させました。

完成品を階段に並べておいたら、東京から娘が熊本に帰ってきたときに、「階段が狭い、じゃま!」っていうんですよ。

そういいながら、娘は気に入ったバッグを持っていったりしています。

「これいいね。使いやすそう」って。喜んでもらえるのは、うれしいですね。

このほかにも、遊美塾の講座にはひととおり参加してみました。どの講座もみんな、楽しそうで。

だから、ホームページも作りました。動画も1本作りました。短いコマーシャルフィルム。とりあえずやってみて、満足しました。

今、最終的には、写真が続いております。

〈喜美子ライフの豆知識〉

遊美塾・熊本では、撮影講座やフォトショップ講座のほかに、「クラフト講座」があります。こちらは、レザークラフト&手作りアートの講座で、身近にある不要なモノを使って素敵なアートやグッズにしてしまおうというものです。塾にある革専用の工業ミシンを自由に使うことができます。

バッグ作りは長続きしている趣味のひとつです

人生で大切なことは「趣味・仲間・発表する場」

人生に大切なことは3つあります。

「趣味」「仲間」「発表する場」です。遊美塾の先生の受け売りだけど、何度もいわれるうちに覚えちゃった。

私も、この3つが大切だと思います。


趣味というのは、私の場合は写真だったけど、どうしても写真でなくちゃダメ、というわけではないと思います。

絵を描くのでも、書道でも、陶芸でもなんでもいい。

自分に合ってそうだな、面白そうだな、楽しそうだな、と思ったことをやってみる。


いろんなことをしているうちに、どれかひとつぐらいは、自分に合ったものが見つかると思います。

趣味が見つかれば、自然と仲間もできます。

古くからのお友達って、意外と話題に気を遣いますよね。孫の話をしようと思っても、「ああ、この人のうちは孫がいなかったな」と思えば、この話題は遠慮したほうがいいかな、と思う。

でも、趣味の仲間なら、話題を探すこともないし、話題も尽きない。年齢を問わず、仲良くなれるんです。

72歳でカメラを始めてから、しみじみとそのことを実感しています。

人生訓その1
趣味を持つこと

趣味を持つことは、人生でとても大切なことです。

カメラを持った最初の頃、本当は、「こんなおばあさんが、今さら写真を始めていいのかな。みんなに迷惑じゃないのかな」とためらいました。

でも、遊美塾の先生から、写真に「うまい、ヘタ」はある。けれども、「いい、悪いはない。自分で頑張って作り上げた作品は全部輝いてる」といわれたんです。

そうか。自分がいいと思う写真を撮ればいいんだ。そう思いました。そしたら、すごく楽しくなった。趣味のカメラが楽しくなったんです。

カメラは重かった。三脚も重かった。

でも、こんな写真を撮りたいと思ったら、腰が痛くても、重くても頑張れました。

露出やライティングについても、覚えるのは大変だった。だけど、大変だから面白かったんです。

パソコンを覚えるのはもっと大変だったけど、「写真をこんなふうに加工したい」と思ったから、投げ出さずに覚えようと思いました。

なんでもスイスイできたらつまらんでしょ？

むしろ難しいほうが面白かよね。

人生訓その2
仲間を作ること

趣味を持つと仲間ができます。年齢はもちろんですが、職業も、肩書きも関係ない。遊美塾には偉い人も来ているそうです。でも、写真を撮るときは、立場は関係ありません。

遊美塾は、くり返しになりますが日本全国に7ヵ所あります。熊本から、名古屋・東京・大阪・広島・福岡・鹿児島まで。全部の教室を合わせると生徒さんは約270人（2023年1月現在）になるそうです。

遊美塾の仲間はみんな若い。私がいちばん年上で、いちばん若い生徒は福岡の教室の子です。4歳のときに塾に参加して、今年で6歳になったと思います。とってもかわいい子です。

塾の先生がいうには、子供の着眼点はすごいんだそうです。「集合写真」というテーマのときに、わざとピンボケで撮って

熊本での講座中

きたんですよ。

　普通、集合写真といったら、そこにいる全員の顔にピントを合わせることに苦労するでしょ。子供はそんなことおかまいなし。常識ってものにとらわれないんですよね。

　思いつきがすごいですよね。私も見習わなくちゃ、って思います。

　ときどき、熊本以外の遊美塾の授業にも顔を出して仲間を増やしています。私、全国に２７０人の友達がいるんですよ。

遊美塾の仲間たち

熊本

福岡

鹿児島

広島

大阪
遊美塾

名古屋

東京

人生訓その3
発表の場を作ること

遊美塾では、それぞれの教室ごとに、毎年写真展を開きます。塾の先生は、「撮った写真は必ず発表すること」っていいます。発表するとなると、適度な緊張が刺激になって、写真に向かう姿勢が変わってくるそうです。

確かに、いついつに写真展をやる、って決まっていれば、やる気にもなります。いっぱい写真を撮らなくちゃと思います。みんなに見てもらったときに、楽しんでもらえるようにと考えます。発表の場を作ることが、続けることにつながるって先生はいいます。本当に、そう思います。やる気になるんです。

遊美塾の先生の口癖が、「一流になりたいなら、小さなところでやるな、一流の場所で展示しろ！」。

だから、遊美塾の写真展は、県の美術館といった、大きな一

熊本の美術館で開催された写真展

写真展の会場にて。自分の作品をあらためて見るのも楽しいです

流どころを借りてやります。

展示する写真の大きさも、Ａ１サイズ（５９４×８４１ミリ）。でっかい写真を展示します。

自分たちでパネルを作って展示して、自分たちで当番をして、写真展が終わったら自分たちで撤去します。私は腰が痛くてあまり手伝えないけど。

みんな、写真展が終わると、「楽しかったー」っていいながら、次はどんな写真を撮ろうかと、もう次の写真展の話を始めます。

みんな、先生の手のひらの上で転がされておりますね（笑）。

批判＝教えてくれていると受け取っています

「写真を批判されることはありますか？」と質問されることがあります。

私の覚えているかぎりでは、批判されたことはないですねぇ。写真について何かいわれることはあっても、私は、批判だとは受け取っていません。

確かに私は写真がうまくありませんから、私の写真に、なんかいってくる人は、「もっとこうするといいよ」と教えてくれているんだと受け取るようにしております。

遊美塾の仲間はみんな、ほかの人の作品を批判したり、否定するようなことはしません。「こうしたほうがいい」といってくるのは、むしろ外の人。遊美塾自体が、「自分の好きなように撮りなさい」という方針ですから。

ラジオにも出演。カメラのおかげでいろんな方と出会えました

心をギュッとつかまれるような写真を撮ることが大切、って先生はいいます。

パッと見た瞬間に、「あっ！」と感動してもらえるように、っていいます。

ただ、取材のときに、たまーにですけど、イヤなことを聞かれることがあります。そのときは黙っています。答えません。

耳が遠いフリをするのは得意ですから（笑）。

持続は大切
きっと誰かが見ていてくれる

私ももう、カメラを持って22年になります。最初は、遊美塾の写真展や個展をやっているうちに、テレビや新聞の取材を受けるようになりました。すると、自治体などが開催する写真展に呼ばれるようになって、また、テレビや新聞の取材を受ける。どんどん有名になっちゃった。

そしたら、私が画像加工で使っているフォトショップの会社から、「アートディレクターをしてもらえませんか」という話が来た。アメリカのＡｄｏｂｅ（アドビ）という会社です。なんでも、「写真加工を手軽に」というキャンペーンに登場してほしいというのです。

それを聞いて、遊美塾の先生が驚いた。

世界中の写真家やイラストレーターなど、アーティストといわれる人が、Ａｄｏｂｅのソフトを使っているんだそうです。

こんなおばあちゃんがＡｄｏｂｅのアートディレクターって、すごいことらしいんですけど、私にはピンときません。

その年は、日本は酉《とり》年《どし》だったので、「鳥」にまつわる写真を撮りました。

その後、通販誌『通販生活』の表紙にも私の自撮り作品が登場しています。

続けることは大切です。きっと誰かが見てくれています。

Adobeの広告で使われた作品。
カラー写真はそれぞれP.8、24にあります

雑誌『通販生活』の表紙になった作品。
カラー写真はP.18にあります

取材のときに困る質問

取材されるときに、いちばん困るのが、その場で「何か自撮り写真を撮ってください」といわれること。

私は、その場に行ったり、何かものを見たりして、フッと思いついたものを作品にしている。撮影したら、写真を加工する作業をしたうえで、作品ができあがるわけです。

どんな写真を撮ろうかなー、と取材に来られた方を見ながら悩んでいたら、その人をモデルにすることを思いつきました。

私に「何かやってください」という人は、自分がモデルになるつもりでいってくださいね。

取材に来られた熊本のタレントさんと。
カラー写真はP.29にあります

みかん狩り。自撮り写真は、毎日の生活の中での思いつきなんです

第5章

カメラ教室

うんと頭を使うけど楽しい

いろんな人が
自虐写真を撮りにやってくる

私の自虐写真が有名になってくると、不思議なことに、いっしょに自虐写真を撮りたいという人が増えてきました。有名な方なのに、やってくるんです。

ＥＸＩＬＥ《エグザイル》のネスミスさんも、そのうちのひとりです。

熊本出身なこともあって、ある日、うちにやって来て「喜美子さんといっしょに車にひかれたい」っていうんです。

そして、『月刊ＥＸＩＬＥ』という雑誌の自分のコーナーに、載せたいって。

車にひかれる写真のほかにも、ドアに挟まれる写真を撮ったりと、ネスミスさんには自虐写真を楽しんでもらいました。

あと元フジテレビのアナウンサーの須田哲夫さんも、自虐写真を撮りにやってきました。

うちのガレージで、椅子に座ってもらって、ぐるぐる巻きに縛って写真を撮りました。

帰り際、須田さんはいってました。

「70歳になって、フジテレビを退職して……。でも、これからも今までのような人間関係が続いていくんだなと思っていたけど、72歳で写真を始めた喜美子さんみたいな人生もあるんだな、と思った」

70歳なんてこれからです。

これから好きなことを始めればいいんです。生きているかぎり、何かを始めるのに遅すぎることはないんですよ。

ネスミスさんと車
にひかれました

キレキレのダンス、
踊ってみた

アナウンサーの須田哲夫さんを縛りました

難しいことはわからない
心に響く写真を撮りたい

私は写真がうまくないから、いちばん下からでもいいから、遊美塾のみんなについていこうと思っています。

塾で写真の撮り方の基本は覚えたけど、私には難しいことはわからない。先生も、「画質だとか構図だとかを気にするよりも、大切なのは見る人の心に響くかどうか」っていいます。だから、私も細かいことは気にせんようにしています。その代わり、面白い写真になるようによーく考えます。

写真のアイデアは、生活の中でフッとわいてくる。朝食で、食パンを食べていたら、「自分をパンにはさんだら面白いかな」と考える（写真は31ページ）。思いついたら、早速撮ってみる。あれこれ考えすぎないことが大切です。

パソコンを覚えるコツは何度でも復習すること

写真の加工は、Ａｄｏｂｅのフォトショップでやってます。最初のうちは、ソフトの扱い方が難しいというよりも、カタカナの専門用語がちんぷんかんぷんでした。

だから、教室から帰ってきたら、しっかり覚えられるまで何度も同じ操作をくり返して、復習しました。

教室でやったみたいに、フォトショップで画像を開いて、メニューバーのここらへんを触るとこんなことができる、ここらへんならこんなふうになる。

いろいろ触ってみて、満足できるまで加工します。

そうしたら、いつのまにかフォトショップが扱えるようになってました。74歳からパソコンを始めても、ちゃんと覚えられるんです。

ただし、ときどきフォトショップが更新（バージョンアップ）されて、操作画面が変わると戸惑います。

相変わらずカタカナの意味はちんぷんかんぷんですけど、クリックする場所でなんとなく操作を覚えている。だから、操作パネルの位置が変わると、わからなくなっちゃうんです。

せっかく覚えたのに、また、覚えなくちゃならない。大変ですが、くり返せば覚えられることがわかっているので、そこは仕方ないですね。

塾の宿題は難しい
認知症予防には最適です

遊美塾の授業は、けっこう頭を使います。

例えば、生徒たちを２チームに分けて、競争させるんです。

以前やった授業では、写真で４コマ漫画を作るという問題が出ました。４コマ漫画の１コマ目と４コマ目の写真が決まっていて、２コマ目と３コマ目を写真で撮ってきなさい、っていわれるんです。難しいですよ。

２コマ目と３コマ目の写真は、言葉で説明しちゃダメなんです。みんな写真家なんだから、写真をパッと見てわかってもらわなくちゃ、っていって。

先生いわく、「スタートがあってゴールがある。人生といっしょ。みんな生まれたら死ぬことは決まっている。ゴールまでの２コマ目と３コマ目でドラマを考えて」って。

普通に考えたらダメなんです。

福岡講座中

どんでん返しがないとダメ。

感動できないとダメ。

そして、答えがひとつだけじゃダメっていう。

答えをいくつも考えないといかん。これはしんどいですよ。

人生は、こうなりたい、ってひとつの道を考えても、うまくいくとは限らないから、失敗したときのために、たくさん人生を考えておいたほうがいい、って先生がいうんです。

しかも、「今から30分でいっぱい答えを撮ってきたほうが勝

熊本講座。途中の「もぐもぐタイム」も楽しみのひとつなんです

ち」って。そんなのすぐに思いつかないです。

そもそも写真の授業なのに、人生を考えてこいって、なんでしょうね（笑）。

でも、みんなイキイキやってます。カメラのレンズを通して、一生懸命、人生を考えてます。

遊美塾では、こんなふうに、うんと頭を使うもんで、いい認知症の予防になってます。頭を使わんと、脳が衰えますもんね。

スマホでは
作品は撮りません

スマホはいつも持ち歩いていて、前にも話したけど、寝るときも枕元に置いていています。でも、私は、スマホじゃ写真を撮りません。

スマホを使うのは電話とＬＩＮＥとスケジュール管理だけ。写真はデジタル一眼レフカメラで撮ります。

なぜだか、理由は自分でもわからないけど、デジタル一眼レフカメラで撮った写真のほうがしっくりくる。

スマホで撮った写真をパソコンに移したことがあります。すると、スマホの写真は画質があんまりよくない。拡大すると粗《あら》いんです。

遊美塾では、写真展をやるときにＡ１サイズまで引き伸ばしますでしょ。やっぱり画質は気になりますよね。

各地の遊美塾を巡る際にも、気になるものがあったら撮ります

それと、私は、撮った写真を加工しますから。

スマホでも写真加工ができるそうですが、もうフォトショップを覚えちゃったから、今さら新しい加工の仕方には興味ないです。

それに、私、Ａｄｏｂｅのアートディレクターですからね。やっぱりＡｄｏｂｅのソフトを使わなくちゃ。

【 写真講座① 】

「空中浮遊写真」ができるまで

基本の手順

まずは２枚の写真を撮影。パソコン（フォトショップ）で２枚を重ねて、いらない部分を消せば完成。

ここからは順番を追って解説します まずは写真撮影からスタート

撮影

必要なもの

カメラ・三脚・椅子や脚立

① 立ち位置を決めて椅子を置く

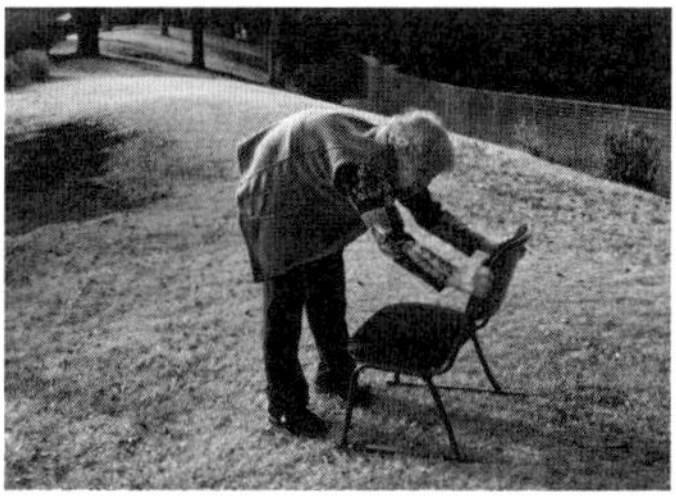

② カメラのオートフォーカスを**マニュアルフォーカス**に切り替える

オートフォーカスにしていると、自分が写っている写真と自分が写っていない背景だけの写真の、2枚が違うピント位置になってしまいます。

③ 三脚にセットしたカメラをのぞいて立ち位置に置いた椅子にピントを合わせる

④ カメラの設定を**マニュアルモード（M）**にして
明るさを調整する

設定がオートになっていると、自分が写っている写真と自分が写っていない背景だけの写真の、2枚が違う明るさになってしまいます。

⑤ 明るさが決まったら
セルフタイマーにして椅子に座る

⑥ ポーズを決めて
写真に写る

私の場合はセルフタイマーで撮るときと、リモコンで撮るときがあります。リモコンで撮ると手に持ったリモコンが写るので、今回はセルフタイマーにしてます。

⑦ 椅子を持って画面の外に出る

⑧ 画面の外に出たら、
何もない背景だけを
そのまま撮影

これで撮影は終了です

いよいよ撮影した写真を合成
頭の中で描いたとおりにできるかな　編集

必要なもの

パソコン・フォトショップ（画像加工ソフト）

① 使用する2枚の写真をフォトショップで開く

※フォトショップのバージョンによって、表示が異なる場合があります。

② 最初に自分が写っている写真をコピーする

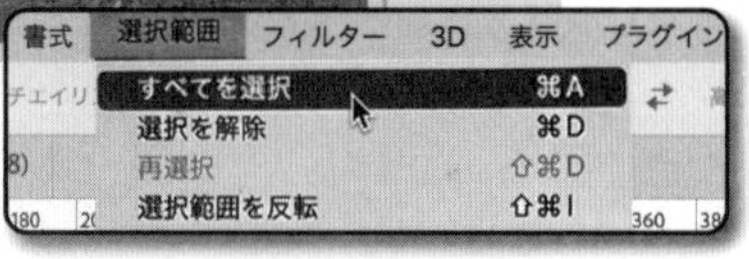

いちばん上にあるメニューバーの「選択範囲→すべてを選択」をクリックします。

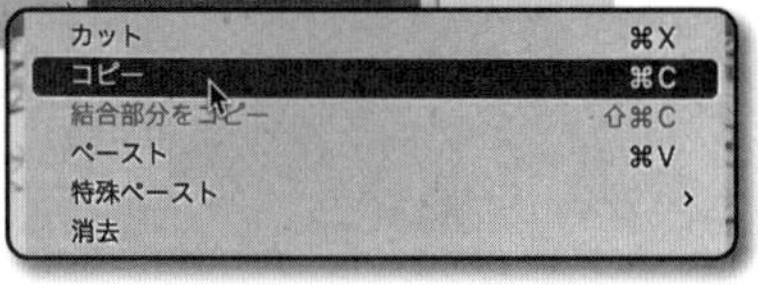

次にメニューバーの「編集→コピー」をクリックします。

③ 背景だけの写真にコピーした写真をペースト（貼付け）する

背景だけの写真を表示させ、メニューバーの「編集→ペースト」をクリックします。

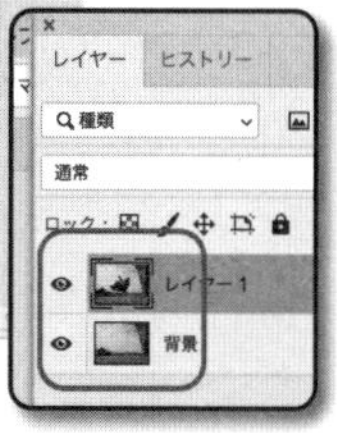

写真が２枚重なった状態になりました。

④ 写真に写っている椅子を消す

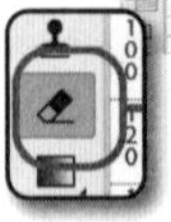

画面左側に並んでいる「ツールボックス」の中の「消しゴムツール」を選びます。

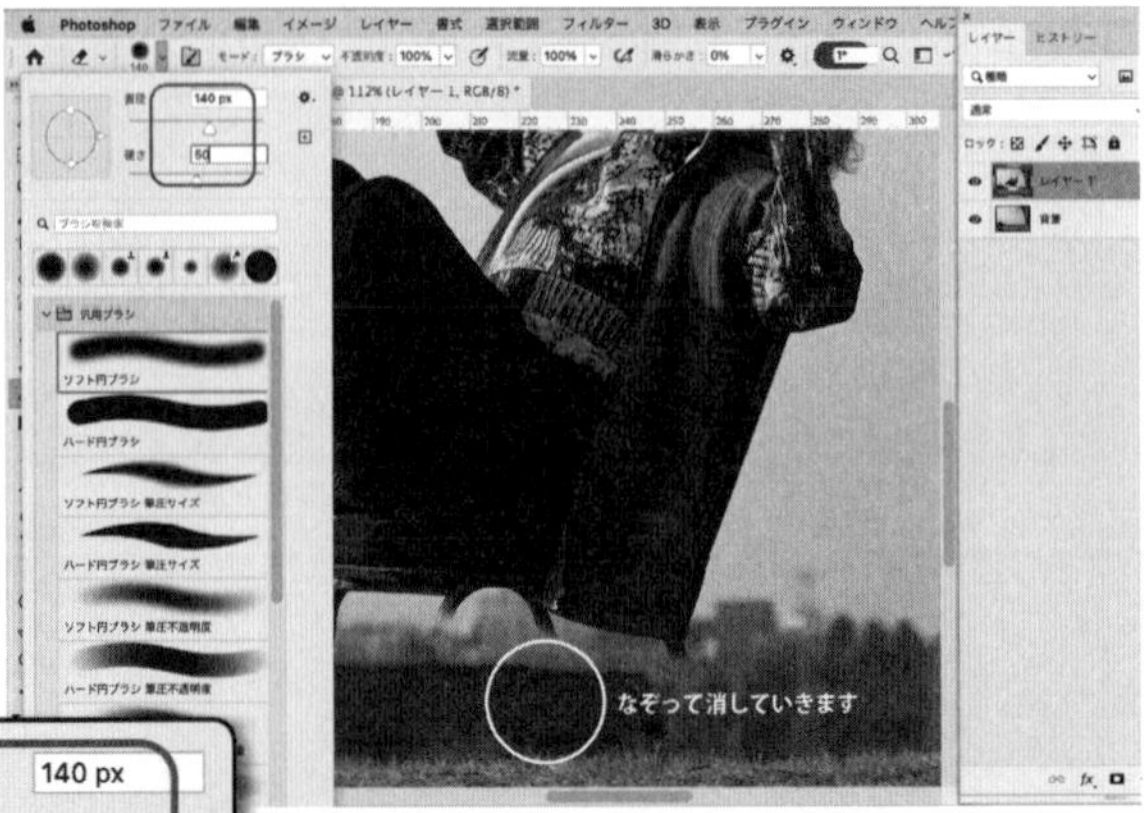

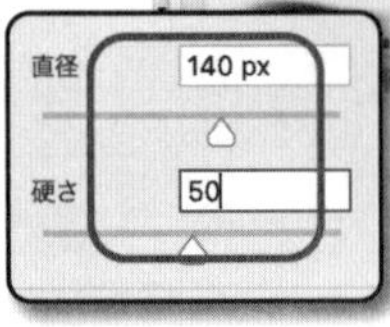

画面上の「ブラシ設定」で消しゴムの大きさを決めます。次に硬さを50にします。最初は大きめの消しゴムでおおまかに消していきます。

ギリギリの部分は消しゴムを小さく、「硬さ」を95％ほどにして、丁寧に消していきます。

ひらすら消しゴムをかける根気がいる作業です

これで完成です！

完成したカラー写真はP.10～11にあります。

【写真講座②】

「スピード写真」が
できるまで

今回は車にひかれているふうの
写真を1枚撮るだけです

撮影

① 三脚にカメラをのせて撮影

仕上がりをイメージして
表情をつくりましょう

これで撮影は終了です

車が猛スピードで走っているように写真を加工していきます　編集

① 写真をフォトショップで開く

② 同じ写真を2枚重ねる

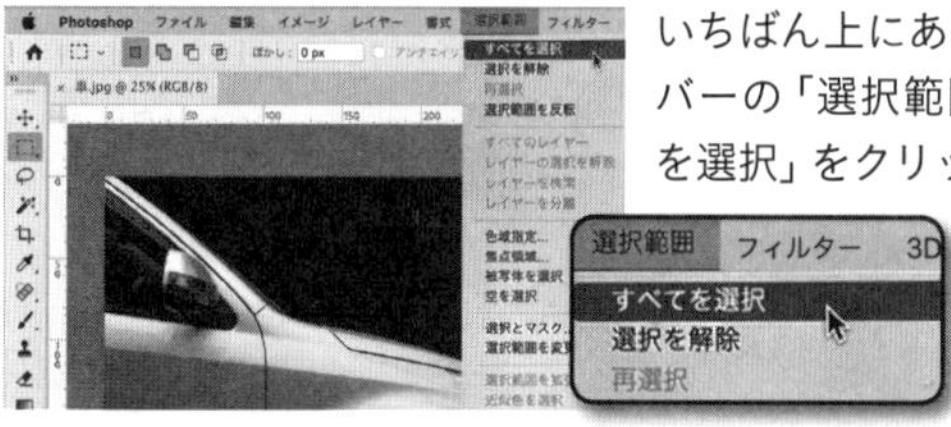

いちばん上にあるメニューバーの「選択範囲→すべてを選択」をクリックします。

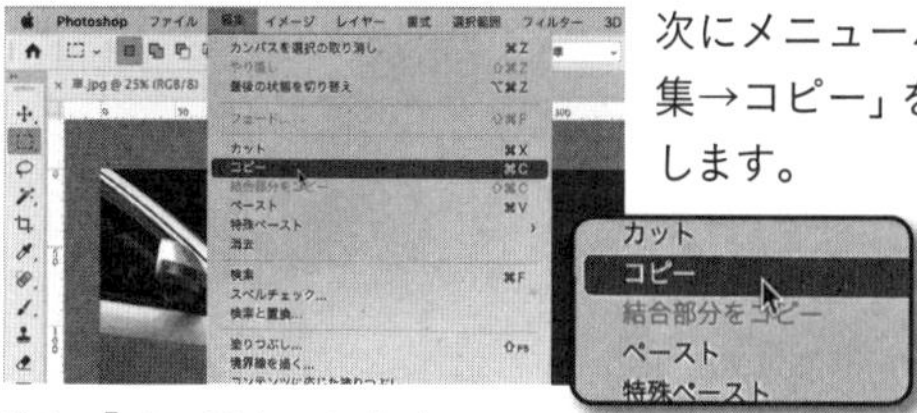

次にメニューバーの「編集→コピー」をクリックします。

次に「ペースト」します。

同じ写真が2枚重なった状態になりました。

③ 写真をぼかす

次にメニューバーの「フィルター→ぼかし→ぼかし移動」をクリックします。

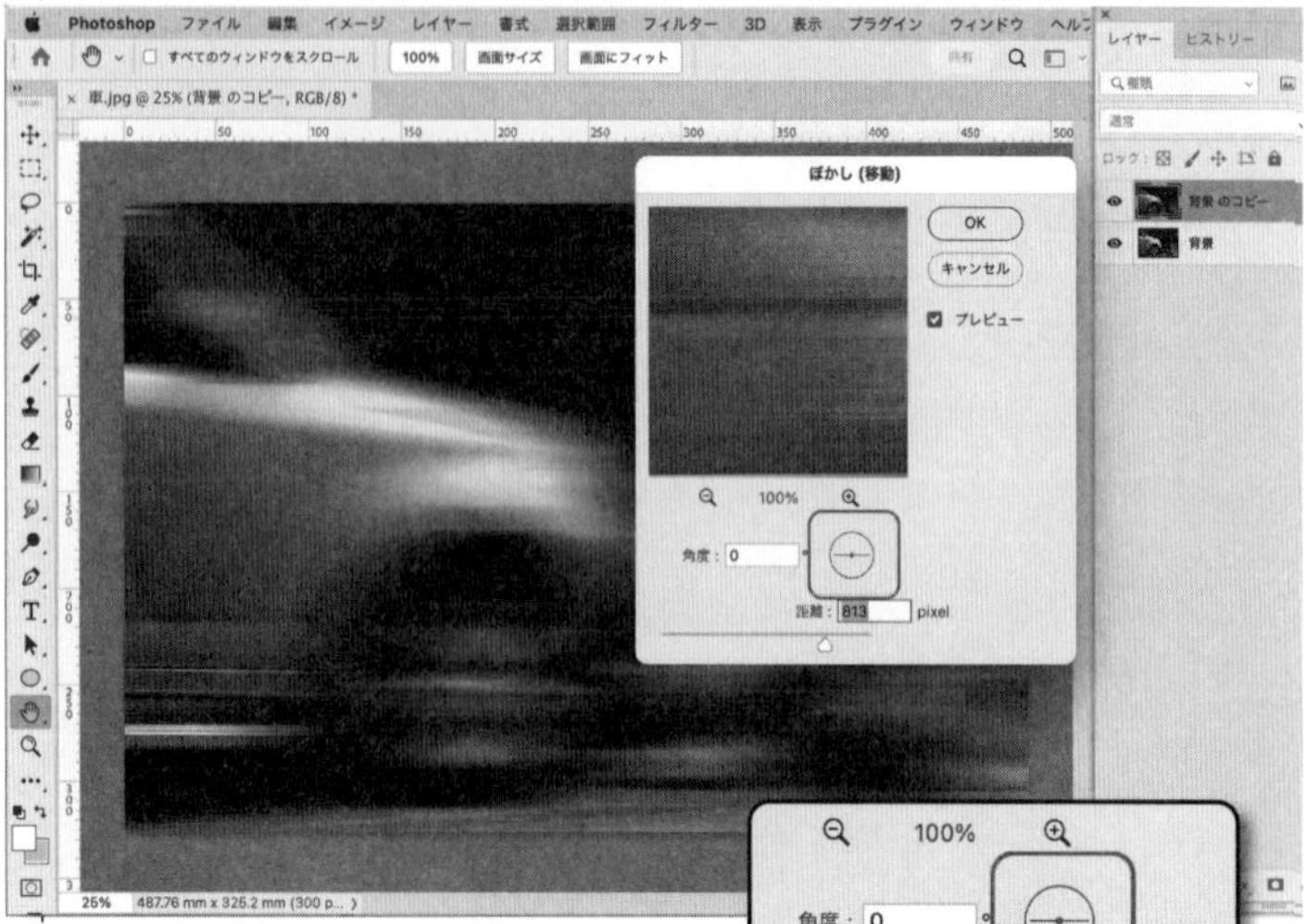

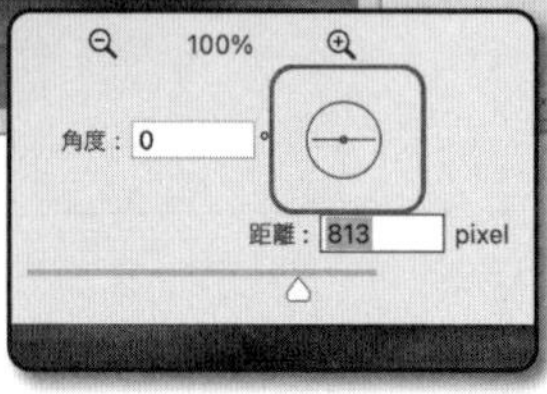

円の中の線が水平になるようにして、「距離」の数値を上げながら好きなぼかしにします。

スピード感のある
ぼけになりました。

いらない部分を消
ゴムで消していき
ます。

これで完成です！

完成したカラー写真
はP.28にあります。

【特別寄稿】

キミちゃんはそれでいいの

（ASKA）

キミちゃんのことは、もう僕が今さら紹介する必要はないですね。日本で最も有名なおばあちゃん。僕はキミちゃんの息子さん「西本和民《かずたみ》」さんとのお付き合いが長い。CHAGE&ASKAの知名度が垂直線のように上がっていったときのデザイナーが西本さん。ある日、西本さんと（電話で）会話していたとき、西本さんがこう言った。

「オフクロがとんでもないことになっちゃって。第二？　いや、第三の人生謳歌しててね。ニシモトキミコで検索してみて」

検索をしてみた。「西本喜美子」が一発変換。確かにこれ。

「喜ぶ」「美しい子」と、言ってたから。お母様の顔見てびっくり。知ってる、このおばあちゃん……。え？　西本さんの？　え？　お母さん？　西本って書いてある。うん、西本さんの西本だ……。僕は、以前ネットでお母様の作品を見てた。「自虐」「ユーモア」「ひょうきん」この3つ

がひとつになった感覚を覚えていました。すぐに折り返し再電話。

「西本さん、オレ、このおばあちゃんに会ってみたいと思ってたんだよ。すごい！　何これ。西本さんのお母さんだったんだ！」

　そこからのキミちゃんとのお付き合いです。キミちゃんは、僕が「会いたかった人」であったことを知ってくれていますので、今では、キミちゃんのほうから「会いたかったよー」と、大ハグをしてくれます。

　キミちゃんは、なぜ自分がこんなに有名なのかが、今なおわかっていません（笑）。いいの、いいの。それでいいの。みんながキミちゃんのことを偶然知ってただけ。電子レンジの中に入ってるおばあちゃんのことを偶々《たまたま》知ってただけですよ。

ASKA

おわりに

ごく普通の専業主婦の私が初めてカメラを持ったのは、72歳のとき。遊美塾という写真塾に入ってカメラの使い方を覚えたら、次には写真の加工がしたくなって、74歳のときに初めてパソコンに触りました。

写真がうまくないもんで、遊美塾のみんなを驚かせたくて、ゴミ袋にくるまって捨てられてみたり、車にひかれてるように写真を加工したりしました。

そしたら、それが面白いって、テレビや新聞に取材されるようになり、「自虐写真を撮る喜美子おばあちゃん」と呼ばれるようになりました。

こうして、遊美塾の写真展や、自治体の美術館から呼ばれて、全国を飛び歩くようになりました。

腰が痛くて押しぐるまがなければ歩けないのに、呼ばれればどこへでも出かけていきます。

カメラをきっかけに、私の人生は一変しました。

もし、カメラに出合わなかったら、私は今頃、どう過ごしていたでしょうか？

きっと、家からほとんど出ることもなく、趣味の仲間もできず、ワクワクすることもなく、きっと無気力に、さびしく生きていたと思います。

もしかすると、認知症になっていたかもしれないなぁ、とも思います。

写真もパソコンも、何かを始めるのに年齢は関係ありません。私が、それを証明しています。

やりたいと思ったら、年だからなんて思わずに、とにかくやってみる。やってみて、できるようだったら続けてみるといいんです。

読者のみなさんも、仕事を退職したら何をしようかな、と考えているなら、ぜひとも趣味を見つけてみてください。

趣味を見つければ、自然と仲間ができるようになります。年齢も、肩書も関係のない仲間ができます。

みなさんの親が、高齢になって家の中でぼんやりしていることが多くなったな、と思ったら、ぜひとも趣味の場を用意してあげてほしい。

年をとるといろんなことが面倒になります。だから、まずは楽しそうな場所に引っ張り出してあげてください。みるみるイ

キイキとする親の姿を見ることができると思います。

私にとって、私が撮ってきた作品は宝物です。

作品を見てもらいたい仲間がいる。仲間に私の写真を見てもらって、笑顔になってもらいたいと思います。

本当は、作品よりも、仲間こそが私の宝物なんだと思います。

2023年3月

西本喜美子

西本喜美子（にしもと・きみこ）

1928年生まれ。46年に美容学校を卒業、美容院を開業。50年に競輪選手に転身し、55年に引退、結婚。専業主婦として３人の子を育て上げる。97年、アートディレクターで写真家の長男・和民氏が、熊本県で写真教室「遊美塾」を開校すると、2000年に自身も入塾。72歳でカメラを始める。ユーモアあふれる自撮り写真が人気を呼び、11年に熊本県立美術館分館で初個展を開催。16年、88歳にして初写真集『ひとりじゃなかよ』（飛鳥新社）を出版。翌年に東京で開いた個展では17ヵ国のマスコミから取材を受け、世界中から注目を浴びる。18年にInstagramを開始。23年2月現在、フォロワー数は31万人を超える。

Instagram：@kimiko_nishimoto

Staff

本文デザイン	喜安理絵
装丁	坂本達也（元山）
編集協力	石川夏子（グレイル）／香川みゆき（フィジオ）
編集	田村真義・田中早紀（宝島社）

94歳、自撮りおばあちゃん
やりたい放題のひとり暮らし

2023年3月28日　第1刷発行

著　者　西本喜美子
発行人　蓮見清一
発行所　株式会社宝島社
〒102-8388　東京都千代田区一番町25番地
電話　営業　03-3234-4621
編集　03-3239-0926
https://tkj.jp

印刷・製本　サンケイ総合印刷株式会社

乱丁・落丁本はお取り替えいたします。
本書の無断転載、複製、放送を禁じます。

©Kimiko Nishimoto 2023
Printed in Japan
ISBN 978-4-299-04072-5